岩付太田、後北条に仕えた

戦国雑兵記

新井甲一郎

まつやま書房

戦国雑兵記◎目次

◎作中に登場する関東戦国期の各城

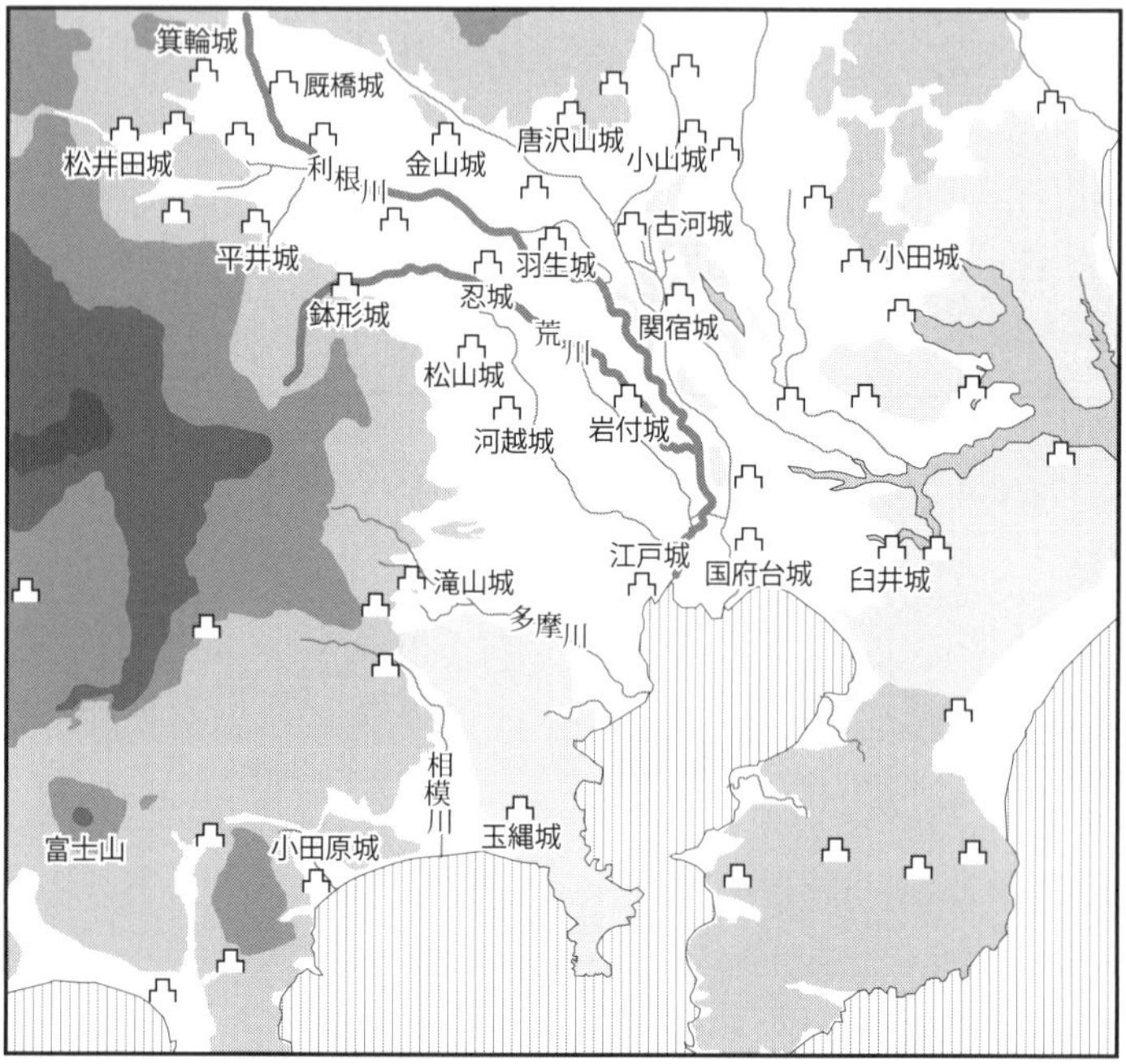

雑兵半次郎

武州岩付太田領朝日村は、霧に覆われていた。時刻は六つ半《卯の刻半ば》（午前七時頃）である。

けたたましく、百舌の鳴き声が霧の中から聞こえた。が、その後、元の静けさが戻る。足音がして、霧の中から人の姿が浮かび出た。背の高い大男で、着物のすそを端折り、腰に刀を一本帯びている。四角い顔の中で、両の日が油断なく光っている。

身形からして只の農民とは思えない。

男の足は道を外れ、一軒の農家の庭に立った。

「半次郎、半次郎はいるか」

辺りをはばからぬ大声で、男は呼ばわった。少し間を置いて、入口の戸が開き、中年の女が現れた。

農婦らしく野良着をまとっているが、端正な面立ちである。

「これは、これは、若旦那様、お久しぶりでございます」

「お甲さんも達者で何よりだね、けれども、若旦那はよしてくれ」

男は言った。

「そうでしたね。今はお城づとめで、大変な出世と聞いておりますが」

女は如才なく言った。

「出世と言うほどでもないが、弓足軽としてお城へつとめ、この春、弓足軽小頭に取り立てられた」

「それはおめでとうございます。今日は半次郎にご用ですか」

「半次郎に相談したいことがあって来たが、家にいるかい?」

「ハイ、おります。どうぞお入り下さい」

女は、男を招じ入れた。

男は村名主の次男で、朝右衛門。武州岩付城主、太田資正に仕える弓足軽である。

家の中で、朝右衛門の大きな声を聞いた半次郎は、土間で客を迎えた。

「半次郎、久し振りだな」

朝右衛門は、土間にいた半次郎になつかしそうに声をかけた。

半次郎は朝右衛門に丁寧に挨拶すると、上がるようにすすめた。

「それじゃ、上がらせてもらうよ」

炉端に座った朝右衛門は、出された茶を飲みながら、

「半次郎、今日はお前に相談があって来たのだが」

と言って用件を切り出した。

「今度、お城で足軽組が増加されることになった。俺は今度、足軽小頭になったが、手下がいない。そこで相談だが、半次郎、足軽奉公に出るつもりはないか?」

と言った。

半次郎が黙っていると、朝右衛門は、

「近々、大きな戦さが始まるが、兵が足りない。俺はお弓奉行渋井四郎様のご命令で、村々を廻り、人を集めているんだ」

半次郎は、

「ご存じと思いますが、俺の家は母子二人の生活だ。俺がいないとおふくろ様が困る」

と言った。

朝右衛門は、半次郎の懸念に、

「足軽奉公と言っても、奉公に出るのは戦さのある時だけだ。野良仕事のある時は村へ帰れる。それに奉公に上がれば、年貢は免除され、残されたおふくろさまには、食い扶持が出る」

食い扶持が出ると聞いた母の気持ちが動いた。

「半次郎、年貢が免除されたうえ、私にも扶持が出るというなら、良い話ではないか」

母が賛成してくれたので、半次郎も乗り気になった。

「まもなく麦まきが始まるが、それが終わってからでもいいですか」

半次郎が聞くと、

「麦まきが済んでからでよい」

と言う答えが返ってきた。

半次郎が奉公に上がったのは、それから半月あとのことだった。

同じ村から三人の若者が奉公に上がった。さらに周辺の村からも数名の応募者があり、朝右衛門は満足そうな顔をしていた。

新参の足軽の要所要所に、戦いの経験を積んだ古参の足軽が配置される。

半次郎ら新参の足軽は、弓奉行渋井四郎に目通りした後、戦闘訓練が始まる。

直接指導に当たるのは、弓組与力である。

朝右衛門組を指導するのは、笹尾陣十郎という三十くらいの筋骨たくましい武士である。


朝右衛門は、新参の足軽一人一人に弓と、矢を入れるつぼを渡し、そのあとで弓の弦《つる》の張り方を教える。

「弦を張る時、弦に少しでも折れ目がついていたら、その弦は使うな。折れ目のついている弦を使うと、一度矢を放っただけで、弦は切れてしまう。予備の弦を持ち運ぶ時も、張り替える時も、弦はていねいに扱え」

翌日から、矢場での訓練が開始された。

弓は六尺の長弓、一尺ごとに藤が巻いてある。訓練は、弓の持ち方、矢のつがえ方、放つ時の呼吸などから始まった。

次に射ち方に入る。射ち方は、立射ち、膝射ちがある。他に騎射があるが、これは騎馬の武士の技であり、雑兵技ではない。

立射ちが一応出来ると、次は膝射ちである。

射手は、体が折敷きの状態で矢を放つ。最初はさまにならなかったが、習うより慣れろで、どうやら弓足軽らしくなった。

そして、一ヶ月が過ぎた。

天文十四年の初冬、岩付軍は出陣した。

行き先は、武州の河越である。

河越城は太田資正の曾祖父、太田道灌の築いた城で、河越は武州の要地である。河越城は長い間、太田氏の主人である関東管領の上杉氏が城主をつとめていたが、相州小田原を本拠とする新興勢力の北条氏に攻略されていた。

今度の出陣は、関東管領の上杉憲政が古河を居城とする関東公方、足利晴氏を大将に迎えて、反北条軍を結成、武州の要地である河越を奪回する作戦に出たのである。

この戦いは上杉氏にとって乾坤一擲の大勝負であった。

早朝に城を出て河越に着陣、布陣を終えた岩付軍は食事にとりかかった。

半次郎は被っていた鉄笠を脱ぎ、流れ川で洗い水を入れる。枯れ木を集めて、火をおこし、鉄笠を鍋かわりにして火をかける。打飼袋の中から一食分の米を取り出し、鍋に入れる。粥が煮えると、携行している塩を取り出し、鍋に入れ、塩粥が出来上がった。

半次郎が粥をすすっているところへ、顔見知りの丑松がやって来た。

丑松は同じ足軽でも槍組に属していた。

丑松は村は違うが、子供の頃からの遊び仲間である。彼は米の入った鉄笠を手に下げていた。

「火を使わしてもらえねーだか」

半次郎は丑松に快く応じた。

「俺が足軽になったのは」

　丑松は煮えた粥をすすりながら、語り始めた。

「俺の悪仲間に、川中村の丙三という男がいる。彼奴が、槍足軽になったことを知り、俺も足軽になった」

　丑松も子供の頃は素直な子だったが、長ずるにつれ悪い仲間と付き合い、今では博打場へ出入りしていると聞いている。

「俺は丙三に博打の貸しがある。この間、俺は丙三に場銭を返せと言った。ところが彼奴は、今度の戦さで、敵の大将首を取れば金が入るから、それまで待ってくれと言ってきた」

「敵の大将の首が簡単に取れるものかね」

　半次郎が疑わしそうな顔をすると、
　丑松は、

「彼奴は度胸がある。大将首は無理としても、敵の足軽の首の幾つかは取るだろう。半さんも知っての通り、敵の首を取って、首実検の場へ持って行けば、一晩遊ぶくらいの金はもらえる。俺はその金を場銭として取り上げるつもりだ」


「皆、集まれ」

小頭の朝右衛門の大声で、会話は中断した。弓足軽が集合した。

与力の笹尾陣十郎が前に立った。

「今から軍令を申し聞かせる」

与力の声は大きい。

一つ、喧嘩公論は禁止する。

一つ、農作物は荒らしてはならぬ。

一つ、敵地において、婦女子を乱暴したり、みだらな言動をしてはならない。

など、軍令は十何ヶ条に及んだ。


その日、河越城を囲む野も岡も、次々と着陣する人馬であふれた。

半次郎は今まで、これほどの人が集まるのを見たことがなかった。

「公方様のお成りー」

遠くで先触れの声が聞こえた。

やがて、二引両の旗を押し立てた騎馬の一群が進んで来た。群の中心に、装飾をこらした甲冑を着込み、黄金作りの太刀を帯びた身分ありそうな人物が馬を歩ませて来る。態度も堂々としている。その人物は、関東公方足利晴氏であったが、見かけだけの人物である。

続いて、笹に雀の家紋を染め抜いた旗を掲げた武将が馬を歩ませて来る。関東管領の上杉憲政と、副将の上杉朝定の二人で、前後を大勢の甲冑が固めている。

管領軍は、河越城を十重二十重に包囲する。

この時、城を守っていたのは北条軍の中で、勇将として聞こえた福島綱成《くしまつなしげ》である。

足利晴氏は名目上の大将で、真の大将は上杉憲政である。彼の下に、八万余の軍勢が従っていた。まさに雲霞の如き大軍である。これほどの大軍に包囲されては、勇将福島綱成も為す術もなく、ひたすら守りを固め、北条本軍の到着を待つしかなかった。

城を包囲した管領軍は、一気に攻め落とすべく攻勢に出る。岩付軍弓組は、城に向かって矢を放つが、敵は城壁に楯を並べ矢を防ぎ、討って出ようとしない。敵が出撃すれば、一気に討ち取るべく味方は待ち構えていたが、敵は守りを固め、ひたすら援軍を待つことに徹している。

その後、何度か小競り合いはあったが、戦果はなく、管領軍は兵糧攻めにする作戦に出た。


やがて正月になった。

「正月であるから、敵の出撃がないかぎり、兵を休ませよ。陣中ではあるが、正月を祝え」と言う触れが出た。

陣営に酒が出る。酒の飲めない者には餅が出た。

酒盛りが始まってまもなく、丑松がやって来て、半次郎の脇へ座った。

丑松はかなり酔っていた。酔うと以前の地金が現れる。

「この間、俺は丙三に場銭を返せと言った」

半次郎は前にも同じ言葉を聞いたように思ったが、黙っていた。

丑松は続ける。

「丙三は、今度の戦《いくさ》で敵の足軽首を幾つか取れば金が入るから、それまで待ってくれと言っていた」

半次郎は丑松の言葉をうわの空で聞いていたが、急に家のことが気になりだした。

間もなく麦踏みの時期だが、おふくろ一人で大丈夫だろうか、と半次郎は母のことを案じた。

人手が必要な時は、朝右衛門の実家である名主の家から、手伝いの人が来ることになっているが、母は人の助けは借りないであろうと思った。

正月は梅の季節だが、やがて桜の季節へと移る。

この頃になって、戦機が動いた。

それまで鳴りをひそめていた小田原の北条氏康が河越城救援に動き出したからである。

四方に敵を持つ氏康が、河越城救援に赴くには万全の備えを固める必要がある。そのためには時間が必要だった。

氏康が八千の精鋭部隊を率いて小田原から北上を開始したのは葉桜の頃だった。

北条本軍北上の知らせに、管領軍は決戦の準備に入る。

「いつでも出撃出来るよう、準備怠るな」

太田資正の指示で、弓組は戦闘準備に入る。新しい弦を張り替え、兵糧の準備など、来たるべき決戦に備えた。

北条氏康は、戦いに臨むにあたり、権威はあるが実力の無い関東公方をはじめから相手とせず認めなかった。

報告によると、北条軍は河越城南方の砂窪に陣を布いた。

満を持していた管領軍は、勇んで出撃する。

が、北条軍は、管領軍を目の前にして退却する。

「敵は当方の大軍に恐れをなし、退却したと思われます」

前線の武将の報告に、管領軍本営に敵を軽んじる心が起きた。

「臆病者、腰抜け」

北条氏康軍を軽侮する声が本営に満ちた。翌日、またも北条軍は前進する。
今度こそはと、管領軍は出撃する。
が、北条軍は今度も退却した。
こういうことが何度か続いた。
程なくして、敵は降伏するらしいと言う噂が流れた。
噂を裏づけるように、氏康の使者が管領軍本営に現れた。
敵の十倍の大軍を擁する管領軍は、和睦を現実のものと信じるようになり、
志気はとみに落ちた。
兵の中には、早くも帰郷の仕度をする者も現れる。
「敵は近々降伏する。我らは岩付へ帰る」
朝右衛門は敵を疑わなかった。
半次郎も村へ帰れると心から信じた。
帰ったら、田うないと苗代作りが待っている。これから農家は忙しくなる。
半次郎の心から、戦いのことが消えていた。和睦が氏康の謀略であることを
管領軍は気付いていていない。

これが管領軍の命取りになろうとは、予測する者がいなかった。

旧暦四月下旬の夜である。

月は出ているが雲がかかり、下界は薄曇りの情景である。

半次郎は馬のいななく声に目を覚ました。

「何事か」

思う間もなく、多くの馬が陣中を駆ける音に、仕度をし陣幕から出た。

半次郎の目に映ったのは、何十頭という馬が陣中を走り回っている光景だった。異変に気付いた味方の兵も外へ出た。

遠くでは味方の兵の悲鳴が聞こえる。

「馬蹄にかけられたか」

思う間もなく、上空から槍がバラバラと降って来た。

「敵襲だー」

薄明かりの中で、朝右衛門の声が聞こえる。

半次郎は矢をつがえ、身を低くして辺りの様子に目をこらす。

夜目に慣れてくると、敵味方の見分けが出来るようになった。

敵はいずれも合い印《あじるし》として、白いたすきをかけていて、それが夜目にハッキリ見えた。

半次郎の前に馬が現れた。馬上の武士のたすきが白く見える。

半次郎の放った矢が、馬の胴に突き刺さる。馬は高くいななき、さお立ちになった。乗っていた武士は、馬を制御できず落馬する。慌てて起きあがろうとする武士に、獲物を狙う狼のごとく、兵が組みつく。兵の刀が一閃し、武士の首が落ちた。

兵は半次郎を見て、にっこり笑った。武士の首を取ったのは槍足軽の丑松だった。

「城方が討って出た」

味方の兵が大声で知らせる。今まで鳴りをひそめていた河越城兵が一丸となって出撃し、管領軍本営に突撃した。

「上杉朝定様、お討ち死にー」

遠くで悲痛の声が聞こえた。

「皆、よく聞け！」

朝右衛門が配下の者を大声で呼んだ。

「もはやこれまでだ。我らは岩付へ帰る。わしのあとに続け」

抜刀した朝右衛門は走り出した。

半次郎も弓を背負い、刀を抜いて朝右衛門の後を駈ける。


負け戦はあわれである。臆病風に吹かれた目には途中の立木も敵に見える。走りに走り、岩付領内に入った時は、明るくなっていた。

初夏の太陽が小川の水に照り映えている。

走り続けて来たので、咽《のど》がカラカラに渇いている。一同流れに口をつけ、浴びるように水を飲む。

「ここまで来れば安心だ」

朝右衛門の言葉に、半次郎は背負っていた弓を外し、草の上に坐った。

味方の兵が続々引き上げて来る。

皆一様に疲労した顔で、小川に口をつけ、水をむさぼるように飲む。

与力の笹尾陣十郎が馬を歩ませて近付いて来た。

「兵の損害は？」

与力の問いに朝右衛門は、

「退却の前は、十名おりましたが、途中、落伍したと思われる者もあり、現在八名です」

朝右衛門が答えると、与力は、

「敵の追撃があるかも知れぬ。油断せず帰城せよ」

言った後、笹尾は馬に一鞭当て走り去った。


河越敗戦後、一月《ひとつき》が過ぎた。農繁期に入り、麦刈りが始まった。刈り取った麦は畑で二〜三日乾燥させてから家に運び脱穀する。

その後、空き地に広げて干してから俵に詰める。

それから田植えが始まる。

管領軍の敗北は、その後の関東の情勢を大きく変えた。

上杉朝定が討ち死にして、朝定に従っていた武州八王子の大石一族、同じく武州荒川上流の秩父から寄居を地盤とする藤田一族は、小田原の氏康の支配に入った。

足利晴氏は古河城に閉塞し、上杉憲政は上州平井に本拠を移した。が、太田資正や行田の成田氏などは上杉の麾下で、上州の諸大名や房総の大名、里見氏と連合し、北条と対峙する形勢が出来た。一方、管領軍から守り抜いた北条氏康は、河越の根城と言われる松山城を攻め落とし、垪和刑部《はがぎょうぶ》という武将を城代とした。


農家の仕事も中休みとなり、半次郎は出仕した。

その日、朝右衛門を頭とする弓組は、城門の警備に当たっていた。同僚と二人で見張りに立っていた半次郎は、門に向かって歩いて来る山伏を眺めていた。兜金篠懸の装束に太刀を帯び、金剛杖を手にした姿はどこから見ても山伏である。

六尺に余る体の山伏は、

「拙僧は、紀州熊野神社の修験にて、淡海坊と申す者、上州館林の城主、赤井法連様より太田美濃守様へ使いに参った者でござる。よろしくお取り次ぎを願います」

辺りをはばからぬ大声に、警備詰所にいた朝右衛門が出て来た。

「御坊には、遠路ご苦労に存じます。どうぞお通り下され」

朝右衛門は丁重に応対した。

山伏がやって来ることは、前もって知らされていたと思える。

その頃から、城を訪れる者が多くなった。武士もいれば、山伏もいる。あるいは諸国を回る芸人や詩僧もいた。

「今の人は、房州言葉を使ったな」

と言い、重ねて、

「あの者は里見から使わされて来た者であろう」

と理由は分からないが、半次郎は、太田資正を中心に大きな出来事が起こりつつあるのを肌で感じた。

城の警備も終わり、半次郎は村へ帰った。

在所から数里ほど離れた村で、村役をつとめる者に、みさと言う娘がいた。

年は十八で、その娘と半次郎との縁談の話が持ち上がった。

話を持ち込んだのは小頭の朝右衛門である。

「男は嫁をもらって初めて一人前だ」

朝右衛門は城下に住んでいるが、すでに一男二女の父親である。

半次郎はまだ早いと思っていたが、母のお甲は、この縁談に乗り気で、積極的に話が進み、半次郎も母の気持ちを汲み、嫁をもらうことにした。

その年の秋。

朝右衛門夫婦の媒酌で、半次郎はみさと結婚し、一人前の男になった。

母が気にいっただけあって、みさは農家の嫁として、申し分のない女だった。

初夜の床で男を知らない女体は緊張していた。半次郎はやさしく着衣を脱がすと、女の乳房を口に含み、片方の手で、もう一方の乳房をやさしく愛撫する。

右の手は、女の上半身から下半身へと移動し、最も敏感な秘所に触れ、静かに愛撫する。

「うっ」

女の口から思わず声が漏れた。半次郎の指が男を知らない女のつぼみを割ったからである。

始めは無意識に男を拒んでいた女体も、いつしか全身の力が抜けて、すべてを男に委せるようになった。

その翌年、妻は男の子を生んだ。

半次郎は、生まれた子に半平《はんぺい》と名づけた。

妻が男子を生んだことを、何よりも喜んだのは母親だった。初孫と言うものは可愛いと見えて、お甲は目に入れても痛くないような可愛がりようだった。

妻はよく働く女で、近所の評判もよく、

「半次郎には過ぎた嫁だ」

朝右衛門は廻りの者に言った。


上州平井城に本拠を移した。上杉憲政が対北条戦略の軍議を開いたのは天文二十年春のことである。

この軍議に参加するため、太田資正は手勢を率いて平井へ向かった。

朝右衛門の弓組は、残留を命ぜられ、城内の警備に当たった。

しかし、この軍議は氏康配下の風魔党から氏康に知らされていた。

氏康が三万の軍勢を率いて北上したのは、それから間もなくである。氏康は名目だけの関東管領の上杉一族を関東から追放するため、軍事行動を起こした。

上州南部に位置する平井城は、北上すれば、前橋、西へ行けば信州、南は武州へと続く戦略上の要地である。

城の周囲は、山が翼を広げるように迫る盆地を形成している。

上杉軍は、北条軍が迫っていることを夢にも思わなかった。

侃々諤々《かんかんがくがく》の議論が続き、容易に結論が出ない。

主将の上杉憲政は決断力に乏しく、有効な戦略を打ち出せぬまま、いたづらに時間が過ぎた。

議論の最中、警備の武士が慌ただしく駆け込んで来た。北条軍が目前に迫っているという報告を聞いた資正は直ちに席を立って、

「議論はこれまでだ。我らは目前の敵を打ち破るべし」

軍議に参加していた武将はいずれも歴戦のつわものである。

直ちに戦闘体制をとった。

山々を埋めつくす敵は、城へ向かって前進を始めた。

太田資正軍と上州一の勇将と言われる長野業正の軍は積極的に討って出る。激しい戦いが始まった。が、戦況は一進一退で、その日も暮れ、敵は攻勢を止めた。


ところがその夜、上杉軍の中から二十騎、三十騎と闇にまぎれて、城を抜け出す軍が現れた。

明るくなって気がつくと、味方の半数が夜の間に姿を消していた。

残った軍は出て戦わず、戦地で籠城して、援軍を待つことにしたが、それも無駄と分かった。指揮系統が乱れ、分からなかったが、上杉憲政が味方の軍を置き去りにして、五十騎に守られ、家族と共に城を脱出したと言う。

行き先は前橋と味方が知ったのは、午前十時頃のことである。

主将が逃亡したとあっては、城を守る意味がない。太田資正をはじめ、残った武将は敵の囲みを破って、本国へ帰ることになる。

決死の覚悟で討って出た軍に対し、北条軍は阻止することもせず、味方は大きな損害を蒙ることなく、本国へ帰ることが出来た。

岩付軍が帰城したのは、村が農繁期に入る頃だった。

今度の敗因は、北条軍の攻撃に応じた味方の武将の裏切りにあるが、本当のところは、主将である憲政の戦意の喪失にあった。

太田資正は戦いの敗因については、何も語らず、領内の警備と軍の訓練を怠るなと、厳命するのみであった。

その日、半次郎は警備詰所で控えていた。そこへ、丑松が訪ねて来た。丑松も足軽になって五年、以前は無頼の生活を送っていたが、今は、手練《しゅれん》にたけた兵士へと変貌していた。しかし、人の生まれつきの本性は、変わるものではない。

「お邪魔します」

と丑松は詰所の兵士に丁寧に挨拶すると、半次郎の脇へ坐った。

「今度も賞金は出なかった」

と丑松は、裏目に出て儲けそこなった博打うちのように残念がった。

丑松の属する槍組は主君に従って、平井へ出陣したが、味方の裏切りと、上杉憲正の戦場離脱により帰城した。

「丙三という人はどうなりました」

と半次郎が思い出したように問うと、丑松は、

「丙三は河越での戦いのあと、行方不明になった。同僚に聞いてみたが、誰も知らないと言う。戦いの最中、敵の手にかかって死んだか、あるいは、どさくさにまぎれて逃げ出したか、今となっては確かめようもない」

と丑松は半ばあきらめたように言った。話は、河越での戦いの思い出に移った。

「あの戦いの時、半さんが放った矢が馬に当たり、乗っていた侍が馬から落ちた。しめたと思った俺は刀を抜いて、起きあがろうとする侍に組みつき、夢中で首を切った。ところがそのあとの退却で、首を捨てるしかなかった」

丑松は残念そうに言った。


その後、大きな戦いもなく、半次郎は三人の子持ちになった。

長男の半平に続いて、長女が生まれ、みちと名づけた。そのあと、次男が生まれ、半三と名づけた。

今では、母のお甲も髪が白くなり、老いが目立つようになった。

母は何かと嫁を頼るようになった。

一方、前橋へ逃れた上杉憲正は、その地にとどまることが出来ず、山を越えて、領国である越後への落ちのびた。

上杉家は、越後の国政を長尾一族に委せていた。この時、越後の守護代をつとめていたのが、長尾景虎、のちの上杉謙信である。

憲正は、景虎に上杉の姓と系図、伝来の太刀などすべてを与え、関東回復のことを託すと隠居してしまった。

長尾景虎は、上杉景虎と名を改め、関東進出の足がかりを得た。

次の年、景虎は出家し、謙信と号する。

上杉憲政の関東退去はその後の関東の情勢を大きく変えた。

天文二十二年氏康は、兵七千を率いて古河城へ押し寄せ、足利晴氏を隠居させ、息子の義氏を公方に立てた。

休む間もなく氏康は、関東制覇を達成するため、常に後方をおびやかす駿河の今川義元と同盟し、さらに、この同盟は甲斐の武田信玄を加えて三国同盟を成立させる。

上杉の名跡を継いだ越後の上杉景虎は謙信と号した後、関東回復には公方の官位が必要と思い、兵二千を率いて途中の敵国を物ともせず京へ上がった。

その時、京で将軍職にあったのは、足利義輝だった。

将軍の権力は地に落ちているが、伝統的権威は未だ失われていない。

義輝は、上杉景虎の上洛を喜び、改めて景虎を関東管領職に任命した。義輝は景虎に自分の一字を与えた。

この後、景虎は上杉輝虎と名乗ることになるが、通常は上杉謙信で通した。

謙信は意気揚々と帰国する。

永禄三年、弓組槍組に厳しい訓練が開始された。

通常訓練は、日中に行われるが、今度の訓練は夜間に重点が置かれた。

夜間は物の見分けがつかず、すべてが黒ずんで見える。

昼間、敵軍を見るには高所に上がるが、夜間には此方の身体を低くして下から見ると、敵の様子が分かる。

夜戦では同士討ちを避けるため、合印を身につけ、合言葉を決めておく。夜間において大事なことは光を出さないことである。たとえ僅かな灯火でも、敵の斥候の知るところとなる。光に次いで大事なことは、音を消すことである。具足の擦れ合う音を出さないよう、具足の上から細ひもでくくる。また馬に枚《ばい》を噛《か》ませ、いななさを消すなどである。

関東平野は大小の河川が流れ、水の豊かな穀倉地であり、鳥や獣の生息地でもある。

太田資正が荒川河畔で狩りを行う旨、将兵に告げたのは夜間訓練が終わって間もなくのことである。

ある春の日の早朝、弓足軽、槍足軽は、それぞれ勢子の扮装に身を固め、騎馬の武士と共に城を出て西へ向かった。

荒川に着くと、早速狩りが行われたが、その日は収穫もなく、野営の準備を始めた。

「何時、出陣命令が出るやも知れぬ。装備は解かぬように」

と上から指示が出た。

その夜、具足も草鞋を着用したまま、休息をとった。

出撃命令が出たのは、夜明け前のことである。出撃前に、紙を切って、具足の上にかけ、合言葉を決め、全軍一丸となって、前進を開始したのは午前三時頃である。

全軍、音を消して粛々と行くと、前方に小高い丘陵が夜目にも黒々と浮かぶように現れた。そこで軍は停止した。

ほどなく、一団の軍勢が何処からともなく現れた。申し合わせたように、その軍は岩付軍に合流した。二つの軍は再び前進し、丘の裾に取り付くと、一斉に斜面を駈け上がる。同時に陣太鼓が打鳴らされ、ときの声が上がった。

松山城の城代、垪和刑部は辺りを圧する物音に目を覚まし宿直の武士に、

「何事か?」

と大声を発した。

その間にも、人の怒鳴り合う声、物を打ち合う音が寝所へ聞こえてくる。

「足軽どもが喧嘩をしているようです。直ちに見てまいります」

部屋の外で、宿直の武士の声が聞こえた。

騒ぎの音はますます大きくなる。

刑部も氏康から城代を任された剛の者である。すばやく起きあがると身支度を整えた。

そこへ血まみれの武士が駈け込んで来た。刑部の身辺を警護している若い武士である。「夜討ちです」

武士は一言言って息が絶えた。

「敵は何者であるか」

敵の様子を見て来た近習に問うと、

「しかとは分かりませぬが、上杉の軍勢と思われます。味方の多くは討ち死にしました。一刻の猶予もなりません。直ちに落ちのびるべきと思います」

近習は早口で告げ、さらに、

「お支度を」

促された刑部は、脱出の決意を固めた。甲冑をつける余裕は無い。むしろ脱出には身軽なほうが良い。

近習に守られた刑部は、屋形を出ると、坂を下った。

坂の下を川が流れている。幸い、敵兵の姿は無い。

近習の一人が川に入り、水深を探った。

「川は浅く、渡れます」

刑部らは、川へ飛び込み、向こう岸に上がった。川から上がった所から、少し離れて町屋がある。

異変に気付いた町の住人が城の方向を眺めていた。町屋に敵の姿は見えない。

近習が町屋で馬を調達した。

刑部は、近習に守られて、馬に鞭を当てると、一路、河越目指して駈けた。

埴和刑部の油断は、没落した上杉が松山城を攻めるとは夢にも思わなかったことである。この作戦は、太田資正が、上州館林の城主赤井入道法蓮と、ひそかに計略をめぐらし、松山城を攻め落としたのである。

城を手に入れた資正は、空堀を広く深くし、城の周囲を流れる川の底をさらって深くして、川幅を広くとり、川の底に逆茂木を植えるなどした。

城の防備を固める一方、城代にふさわしい人物の選定に入る。

河越での戦いで、若くして死んだ上杉朝定の叔父で七郎という者がいる。上杉没落の後、不遇をかこっていたのを探し出した資正は、七郎を上杉憲勝と名乗らせ、城代にした。資正麾下の騎馬の士に雑兵を付け、城に入れ、さらに上杉の旧臣など総勢五千余の軍勢で城を守らせた。


永禄三年の秋、上杉謙信は越後の軍勢八千余騎を率いて三国峠を越え、上州へ出た。

この時、謙信は関白近衛前嗣《かんぱくこのえさきつぐ》公と、その子息を伴い、名目上の大将とした。

謙信は、古河にいて、関東公方を名乗っている足利義氏を相手にせず、近衛公の子息を関東公方に立てる心算があった。

前橋の城に入った謙信は、近衛父子を本丸へ奉じて越年する。

上州武州の大名は、謙信の指図を仰ぐべく前橋城に参じた。

半次郎も、主君が手勢を率いて前橋に向かったことを聞いていたが、理由は分からなかった。

弓奉行より、弓組に出陣の命令が伝えられたのは、年が明けた旧暦二月のことである。

後で知ったことだが、前橋城に出仕していた資正から、

「松山城へ発向せよ」

と言う命令が岩付城を守る家老へ伝えられたからである。

半次郎にとっては、二度目の松山城出陣である。彼は妻にあとのことを託すと、母親に出陣のことを伝えた。

お甲は近頃めっきり老け込み、元気がなかった。

上杉謙信が上州武州の軍勢、三万余で松山城へ入ったのは二月中旬である。


その日、遠くの山々は春霞で、穏やかな風が吹いていていた。

春風の中を旗幟《はたのぼり》を立てた一団の軍が進んで来る。日の丸の旗に続いて、白地に毘の文字も染め抜いた上杉家の旗が進んで来る。

半次郎は、上杉謙信の姿を一目見たいと思ったが、前に立った警護の武士にさえぎられ、見ることが出来なかった。

松山城代、上杉憲勝は大手門前で到着した近衛父子を出迎え、本丸へ案内した。

入城した謙信は、時を移さず、関東の大名に回覧を回した。回覧文の内容は、「小田原の北条は、将軍の許しも得ず、関東の諸国を押領し、将軍家に敵対すること天地とともに許しがたし。今度、上杉輝虎を関東管領に任じたのは、関東を鎮撫させるためである」

と言う将軍の御教書の写しに、上杉憲政の輝虎への名跡の譲り状が添えてあった。

回覧状を見た関東の大名は、続々と松山城へ集まって来た。その数、八万の大軍である。

越後・上野・武蔵北部の兵と合わせると、総勢十一万余の大軍団である。

越後勢、関東進出の知らせは、いち早く小田原の北条氏康のもとへ届いた。

氏康は、老臣を集め、対応を協議した。

老臣の意見は二つに分かれた。

野戦において勝敗を決すべしと言う者と、敵は大軍、籠城して敵が長期戦に倦むのを待つべしと言う者とに分かれた。

氏康は結論を出した。

「上杉は強敵、ここはひとまず、敵の鋭鋒を避け、籠城すべし。敵は大軍であるから長期戦になれば食糧も尽き、戦いにも倦み、やがて囲みを解いて引き揚げるであろう。その時、追撃すれば、我が軍の勝利疑い無しだ」

方針は籠城と決まり、武器食糧が城内へ運び込まれた。さらに氏康は同盟国である武田に援軍を要請した。

謙信の命令一下《めいれいいっか》出撃した。十一万余の軍勢は北条の支城である、河越、江戸の城を無視して、関東平野を駈け、小田原を目指した。

途中、武州相州の間を流れる多摩川で、北条軍二万が進軍を阻もうとしたが、上杉軍の猛攻に一戦して破れ、小田原へ退却した。

小田原城は早川と酒匂川に挟まれた要害の地にある名城で、東西五十町、南北七十町、周囲五里、城への入口は九十ヶ所あり、九口と呼ばれていた。

城の外郭は、町屋の外に囲らされ、食糧は五万の人間が三年間消費できるだけの量が貯えられ、城の南方は海に続いており、海には北条の軍船が上杉軍を威圧していた。

謙信を総大将とする十一万余の大軍が小田原城を包囲したのは永禄四年の三月のことである。

小田原城は城の外郭に沿って城壁が築かれ、城壁の外は広く深い堀で、敵を容易に寄せ付けない構造である。

これでは半次郎の弓組の出番が無い。

射程距離の長い鉄砲組の出番である。城壁に大勢の鉄砲組を配置し、銃撃を繰り返す。連日、堀の上には硝煙が立ち込めていた。

戦いは膠着状態で、鉄砲の撃ち合いに終始する。

日が経つにつれ、攻囲軍の陣中で、規律の乱れが目立ち、雑兵同士の喧嘩や賭博が公然と行われるようになった。

攻囲軍に厭戦気分が漂うようになった。そういう時、越後からの急使が上杉本陣に到着した。

使者のもたらした内容は、

「越後の国境に近い川中島で、武田軍が軍事行動を起こした」というものである。

武田信玄は名将である。北条の援軍要請に対し、小田原へ出陣するようなことはせず、上杉謙信の本拠である国境に迫ることにより、北条の危機を救う作戦に出たのである。

足下に火がついては囲みを解いて、帰還せざるを得ない。上杉の本営から諸大名に対し、鎌倉の鶴岡八幡宮へ参拝するので随行するようにと言う命令が出た。諸大名は城の囲みを解いて、鎌倉へ向かう。

鶴岡八幡宮で謙信は、近衛公の子息の関東公方拝賀の礼を行い、続いて、自分の関東管領就任の披露をなし終えた。

儀式の後、酒宴に移ったが、謙信は終始機嫌が良く、笑顔を絶やさなかった。が、その間にも、越後からの急を知らせる使者が到着する。

宴の後、謙信は諸大名に帰国を命じ、自らは越後上野の兵を率いて、前橋へ引き揚げた。謙信は前橋城に留め置かれていた諸大名の人質をすべて解放し、三国峠を越え、疾風のごとく越後へ帰った。

帰城した資正は、配下の将兵にねぎらいの言葉をかけ、雑兵の帰郷を許した。半次郎が弓矢を倉庫に収納し、帰宅したのはその日の夕方だった。

出陣の時は、桜の季節だったが、今は青葉の季節である。

半次郎が我が家の庭に立って、周囲を眺めていると野良仕事を終えた妻と長男が帰って来た。二人とも苗床の仕事をしていたと見え、土にまみれていた。

「あら、お前さん帰っていたの」

夫の姿を見た妻は一瞬うれしそうな顔を見せた。

「お父さんお帰りなさい」

半平が声をかけた。少しの間見ぬうちに長男が大人びて見えた。

父親が留守の間、半平は母親を助けて、毎日、野良仕事に精を出していた。

足を洗って、久し振りに居間に坐った半次郎はくつろいだ気分になった。

「おふくろ様の様子はどうだ」

茶を飲みながら半次郎は妻のみさに聞いた。

「それが」

と、みさは暗い顔で言った。

「どうかしたのか」

夫の問いにみさは、

「この頃は物も食べず、床に横になったままで、何やら意味の分からない言葉をつぶやいております」

「そうか」

半次郎は出陣する前、母親にあいさつしたが、お甲はその時、元気が無かったことを思い出した。母親もいよいよもうろくしたかと思ったが、口には出さず、立ち上がる。

「無事に帰ったことを申し上げて来よう」

と言って、母親の寝ている離れへ行くと、締め切った離れのわずかに開いた、隙間から夕方の光が部屋に差し込んでいる。

半次郎は、仰向けしている母の枕元に膝をつき、

「おふくろ様、半次郎無事に帰って参りました」

半次郎の声が届いたと見え、お甲は目を開いた。

半次郎を見るお甲の目は無表情で、まるで他人を見ているようだった。

が、お甲は急に起き上がると、息子の顔を凝視していたが、その目は次第に憎悪へと変わる。お甲は人が変わったように、息子を睨みつけ、

「この薄情者、何故、今頃になって帰って来た、出て行け」

と母は病人とは思えぬ勢いで息子に殴りかかった。

しかし、その手は空しく空を切り、体力が尽きたように、母はその場に倒れ、気を失った。

半次郎は母の体を抱きかかえると、夜具に横たえた。

部屋の外で、みさが青い顔でなりゆきを見ていたが、半次郎は妻を促して居間に戻った。

居間には遊びから帰ったらしい長女のみちと次男の半三が、父の顔を見て安心したように笑顔を見せた。

半次郎は、小田原で買い求めた双六を陣中袋の中から取り出し、長女に渡した。双六を見た子供たちの目が輝いた。

「奥の部屋で遊びなさい」

母の言葉に子供たちは奥の間に移った。

長男も仲間になり、子供たちは双六遊びに興じる。

「あー、お兄ちゃん、ずるい」

みちのはしゃぐ声が奥から聞こえる。

「お前に話しておくことがある。おふくろ様のことだ」

半次郎は子供たちのはしゃぐ声を聞き流して妻に言った。

「おふくろ様は武士の家に生まれた。父の名は高畑佐門という。先祖は新田氏の庶家というが、本当のことは分からない。先代の殿様のお馬廻り衆であったと言う。おふくろ様は一人娘で、いずれ婿をとることになっていた」

「その頃、久助という若い男が屋敷奉公をしていた。おふくろ様が十八の時、久助と恋仲になった。久助は若くて背が高く、見映えのする男だったと言う。そのことを知った父は、久助に暇を出し、娘を勘当した。母はそのことを悲しみ、父に二人を許すよう哀願した。父も母の願いを聞き入れて、二人が夫婦になることを認め、此の村に土地を買い与え、農民として自活するようにした。やがて、夫婦の間に子が生まれた。それが俺。祖父は俺が八才の時死んだ。おふくろ様の語るところによると、北条氏康の父、氏綱が岩付城を攻めた時、祖父は討ち死にした。その後、夫のあとを追うように祖母も没した」

「祖母の葬儀のことは、今でも俺は覚えている。おふくろ様は俺を連れて遠くから葬列を見送った。その日は冷たい雨の降る日だった。俺の実父、久助は祖父母が死んだ後、村から出て行ったと言う。母はその理由を語らなかったが、廻りの人の話では外に女をつくり、駆け落ちしたらしい」

「それから、母は女手一つで俺を育てた。今日の俺があるのはおふくろ様のおかげだ」

「よく話して下さいました。わたくしはお母様を自分の母親と思って、お世話させていただきます」

みさは静かな声で言った。

筑波おろしが身にしみる冬、寒風が音を立てて竹林を吹き抜ける。

半次郎は、同僚と城門の警備についていた。

「ワン、ワン」

犬の吠える声を聞いたと思う間もなく、大きな黒犬が目の前を駆け抜けた。

「あー、こら待て」

同僚が後を追おうとした。

「追うな」

詰所から出て来た笹尾陣十郎が止めた。

「今の犬は殿が日頃可愛がっておられる犬だ」

言った後から与力は首をかしげた。

「今の犬は松山城内で飼われていたはずだが」

と怪訝そうな顔をした。

城門を走り抜けた犬は、御殿の前まで来ると、

「ワン、ワン」

と大きく吠えた。資正を警護している武士が近寄ると、犬は尾を振った。

犬の首に小さな竹の筒が結わえられている。竹筒を外してみると、筒の中から紙片が現れた。早速、資正に言上する。

資正は紙片を水に浸した。すると紙面に文字が現れた。それを読むと資正は、

「松山城が北条軍に包囲された。直ちに出陣の準備をせよ」

命令すると同時に資正は、敵情を探るため斥候を放った。

さらに、この情況を越後の上杉謙信に知らせるべく狼煙《のろし》を上げさせた。その

日の午後、早くも謙信は、松山城が北条軍に包囲されたことを知ったが、越後と関東の間にそびえる山は雪に閉ざされ、人馬の通行を阻んでいる。謙信は地団駄を踏んで悔しがったが、どうにもならない。

北条氏政が三万の軍を率いて、北上したのは永禄四年十二月の初めである。北上の目的は武州松山城である。

松山城は、河越合戦の後、北条の支城になったが、太田資正と上州館林の城主、赤井法蓮の奇襲により落城し、上杉謙信の関東進出の拠点になった。

氏政が松山城奪取に動き出したのは、上越国境が雪に閉ざされ、上杉軍の救援が無いと見越してのことである。北条軍は松山城を十重二十重に囲み、城内からは猫の子一匹抜け出ることが出来ない完璧な包囲である。

松山城代、上杉憲勝は雲霞のごとき大軍に城を囲まれ、なすすべもなかった。

側にいた近習が、

「太田資正公が可愛がっている犬が城内におります。犬の首に密書を付けて放したら、岩付の資正殿にこの情況を知らせることが出来ると思います」

と言上した。

「それは良い思案だ。早速取り計らえ」

城内で飼われていた資正の愛犬の首に、密書を隠した竹の筒を結びつけ、夜陰に乗じて、犬を城外に放したところ、犬は大軍の中を難なく通り抜け、岩付目指して走り、松山城の危急を知らせたのである。


城内は、出陣の準備に慌ただしかった。

半次郎は、小頭の朝右衛門から声をかけられた。

「半次郎、今、村から知らせが届いた。お甲さんが危篤らしい。すぐに家に帰ったほうが良い」

と言った。

「出陣の仕度が済んでから、一時村へ帰らせていただきます」

半次郎が答えると、朝右衛門は、

「出陣は先送りになるようだ。斥候の報告では、敵は我が軍の十倍に近く、我が軍に勝ち目は無い。殿は無理はなさらぬ。上杉軍の出陣を待つのが賢明と言うものだ。だから家へ帰れ」

朝右衛門から言われた半次郎は城を出て村への道を急いだ。

半次郎が家に着くと、数人の村の女性が手伝いに来ていた。名主の家からも男たちが手伝いに来ていた。

半次郎は、その場の人たちに辞儀をして家に入った。

家の中には、知らせを聞いた妻の実家から兄夫婦と叔母の三人がいた。半次郎が親戚の人々にあいさつをしていると、妻のみさが現れた。その顔は安堵にあふれていた。

半次郎は母の遺体がある離れに入った。

母の死顔は、おだやかに眠っているように見えた。

妻は言った。

「お母様は、昨夜、人が変わったよう元気になられ、若かった頃の思い出などを語り、子供たち一人一人の頭をなでてから、眠くなったと言われ、床につきました。私は子供たちと居間へ戻り、そのまま休みました。今朝、離れに行き、声をかけましたが、返事がなく、側へよるとお身体が冷たくなっておりました」

「俺は、お城の仕事を理由に、母のことはお前にまかせきりにしてきたが、死に目は会えなかったのも運命だ。今まで母のことをお前にまかせてきたのは、俺にも慚愧の心がある。すまなかった」

半次郎は頭を下げた。妻は、

「私は嫁としてのつとめを果たしたまでです」

と言ったが、その目は涙にあふれていた。

野辺の送りには、朝右衛門が非番の足軽を連れてやって来て、葬儀に参列した。


武州松山城は、武蔵丘陵が関東平野に落ち込む台地の先端に建つ山城で、周囲の断崖は人を寄せつけない天然要害の城である。

北条氏政は、

「たかの知れた小城一つ、何ほどのことがあろうか。一気に攻め落とせ」

北条軍は攻撃を始めたが、案に相違して城は天険の城で、しかも城方は大量の鉄砲で装備されており、攻め上がる北条軍に射撃で応戦する。それ故、数をたのんだ北条軍も日が立つにつれて、損害を増すばかりである。

長期戦は不利と思った氏政は、甲州の武田に援軍を要請した。

武田信玄が二万五千の軍勢を率いて松山に着陣したのは、年が明けた永禄五年二月のことである。

松山城兵五千に対し、攻囲軍は五万五千、野も山も人馬で埋めつくす大軍である。

太田資正は歴戦の勇士を選んで、憲勝に付けておいたが、城方の志気は高く、攻囲軍は攻めあぐれた。

力攻めの愚をさとった名将信玄は、得意の謀略を用いることにした。


三月に入ると、農作業は忙しくなる。

麦の根元に土寄せをする。サク切りが始まる。半次郎は長男を連れて、畑へ行き、父子ともにサク切りをしていると、妻が二人の子供を連れてやって来た。

妻は両の手に水の入った竹筒と弁当を下げていた。

二人の子供は兄の手伝いをすると言っているが、長男は足手まといになると言った。

昼時になり、家族五人、水いらずで弁当を食べているところへ、朝右衛門の若い男で、留次と言う者がやって来た。

「半次郎さん、陣触れです。すぐにお城へ上がるようにとの伝言です」

それだけ言うと、男はそそくさと帰って行った。

半次郎が畑仕事を妻と子にまかせて、城へ上がったのは夜のことだった。

城内は緊張につつまれていた。その理由は上杉謙信が雪解けを待ちきれず、馬にかんじきをはかせ、雪をおかして山を越え、すでに前橋の城へ入ったと言う。

謙信は資正からの注進を、宿敵の武田信玄が松山城攻めに加わったことを知り、怒り心頭に発して、強行軍で関東へ出陣したのである。永禄五年十一月のことであった。

謙信は、関東の大名に出陣を命じたが、急なことでもあり、出陣する大名も少なく、集まる軍勢は一万五千余騎にすぎなかった。

太田資正は、まっ先かけて馳せ参じた。

上杉軍が松山城を指呼の間に望む石戸まで進んだ時、何と、斥候の報告で松山城は敵の手に落ちていると言う。


松山城陥落は信玄の謀略である。

そのいきさつはこうである。

上杉憲勝は名門の家に生まれながら、物心ついた頃には家は没落。長い放浪生活に入る。若い頃から辛酸をなめてきたが、武将としての器ではない。老練な信玄はそのことを見抜いていた。

ある夜、ひそかに城を訪れた人物がいた。

勝式部という武士で、太田資正とは懇意の間柄とされている人物で。城兵は疑うこともせず、招き入れ、上杉憲勝の居館へ案内した。

勝式部は、上杉憲勝に言った。

「上杉謙信公は、深雪に行手を阻まれ、関東へ出ることがかなわぬ。里見公は、北条との戦いに精一杯で、援軍を送ることが出来ない。太田資正公も独力で救援するだけの兵力が無い。氏政は慈悲深いお方、城を明け渡すなら、城兵の命は助け、貴公には領地を与え、末代まで粗略に扱わないでしょう」

と説得につとめた。

歴戦の武将なら、このような口車に乗せられることはないが、小心者で経験に乏しい憲勝は説得に応じ、開城してしまった。

この勝式部という人物こそ、信玄に送り込まれたスパイである。

落城を知らされた謙信は大いに怒り、

「資正を呼べ」

と太田資正を呼びつけた。伺候した資正を前に謙信は、

「資正、上杉憲勝のような小心者を城代にしたのは、その方の落度である」

と叱責し、返答次第では資正の首をも刎ねかねない剣幕だった。

が、名将太田道灌の血を引く資正は、少しもさわがず、

「憲勝を城代にしたのは、私の落度です。しかしながら、今や城が敵の手に落ちた以上、どうにもなりません」

と言い、その後、資正は、

「憲勝の息子二人を人質として、わが手元に留めております」

と言った。

謙信は、二人の人質を引き出させ、その場で首を刎ねようと思ったが、部下の諫言で思い留まった。が、その後、謙信は資正に、

「雪をおかして此処まで来て、このまま帰るのは残念だ。近くに敵城はないか」

と聞いた資正は、

「これより東方一日程の所に、私市《きさい》城がござる。北条の支城で、城兵は勇士でありますが、兵数は少なく、手頃かと思います」

資正の言葉に謙信は私市城攻めを決めた。

岩付軍は松山城救援に出陣したものの、石戸まで進んだ所で、動きを止め、何も知らされていない兵はいぶかしく思った。しかし、その場に留まり、次の命令を待つことになった。

その後、主君の資正が上杉の本陣へ呼ばれたが、程なく帰って来たと知らされた。

全軍に兵糧を使うようにとの指示があり、半次郎らは食事の仕度にかかった。

そこへ、与力の笹尾陣十郎がやって来て、

「弓組は、これより先発する」

と告げた。その後、小頭の朝右衛門が、

「今後、弓一番組は、お舟奉行、杉野弁十郎様の下につくことになった。直ちに出発する。各自、忘れ物のないように、兵糧は現地についてから知らせる」

弓一番組、二番組、槍一番組から三番組が、お舟奉行の指揮下に入り、行動を共にする。

石戸から私市へ行く途中に荒川という大河が流れている。

強行軍で荒川へ着いたお舟奉行配下の兵は、川沿いの村々から舟を調達する。調達した舟を川面に並べ、荒縄でしっかり結わえ、その上に板を渡し固定する。

またたく間に、荒川に舟橋が架けられた。

作業も終わり、小頭から食事をとるように言われ、やっと、食事にありついた。

強行軍で川へ着いて、休む間もなく作業にかかり、ほっと一息の食事である。

食後半刻（一時間）後、先陣を承った太田資正が軍勢を率いてやって来た。

「皆の者、苦労である」

ねぎらいの言葉をかけ、そのまま軍は対岸目指して渡って行く。

その後、昆の旗を押し立て、上杉軍が粛々と河を渡る。

最後に半次郎ら弓組が渡る。対岸に着くと、与力の命令で綱を切って、舟橋を下流に流した。敵の追撃を阻止するためである。

私市の城代は、行田の成田長泰の親類で、小田助三郎と言う。

この時、成田長泰は謙信と不和になっていた。

上杉軍が行田を攻めるのではないかと、不安にかられた長泰は、私巾城兵の多くを行田へ呼び、守りを固めていた。

私市に残された城兵は、僅かに五十騎にすぎない。これでは戦いにならないが、小田助三郎は大敵を見ても恐れない豪傑である。

助三郎始め五十騎は一丸となって、敵軍に突撃し、全員討ち死にした。

その後、城を占領した上杉軍は城内にいた男女子供などすべてをなで切りにした。

この時、殺された者は二千人と言われる。前橋へ戻った謙信は、城主の長尾謙忠の軍命違反をとがめ、手打ちにする。さらに城中の者を殺し尽くし、意気揚々と越後へ帰った。のちに、資正は謙信の人となりを語ったと名将言行録は記す。

「謙信公は、十のうち八つは賢人であるが、二つは大悪である。怒りに乗じて為すことは止めようがない」

永禄七年一月の始め、にわかに出陣命令が出た。行先は下総国府台である。国府台、現・市川市北西部に位置する。海抜二十～三十メートルの丘陵台地にある。里見家の最前線で、北条にとって、目の前を飛び回る虻のようなものである。

里見は、岩付の太田、越後の上杉、上州の諸将と同盟し、小田原の北条に対抗していた。北条氏康、氏政にとって、里見は邪悪な存在である。

一月に北条が軍事行動を起こしたのは、上杉謙信は雪に行く手を阻まれ、里見を救援出来ないであろうと思ってのことである。

里見の援軍要請に応じ、資正は二千の軍を率いて国府台へ急行する。

国府台で、北条軍二万に対し、里見軍六千、岩付軍二千計八千が北条軍と対峙した。

台地の下を川が流れている。

敵に倍する軍勢を有する北条軍は、川を押し渡り、台上へ向かって攻め上がる。

台地の頂上に近い所で布陣していた弓組は、敵を待ち受ける。

「皆聞け、無駄な矢を放つな。敵を充分に引き付けてから放て」

朝右衛門は、大刀を抜き放って　号令する。

半次郎は心を落ち着かせて矢をつがえ、敵の迫るを待った。

敵の顔が見分けられる近さまで迫った時、弦を放れた矢は、敵兵の喉を貫通した。悲鳴をあげる転がり落ちる敵に目もくれず、半次郎は次の矢を放つ。矢は面白いように命中する。

敵の攻勢が一時止んだ。

その時、満を持していた里見軍が切っ先を揃えて突撃した。敵は大混乱に陥り、川を渡って退却する。

やがて日没となり、その日の戦いを終わった。その夜、里見軍は昼の戦勝を喜び、酒盛りに興じていた。

「危ないな」

朝右衛門が里見軍の喧噪を横に見て言った。一度の戦いに勝ったぐらいで、酒盛りに興じているようでは、この先危うい、敵は百戦錬磨の北条だ。

「我らは油断するまいぞ」

朝右衛門はこの時、己の命運が尽きようとしているのを予感したのかも知れない。

翌日、敵は前日と同じように前進するが、その動きは慎重で、しかも前面に楯を並べて進んで来る。川の手前まで来ると、北条軍は停止した。両軍対峙したまま動かず、時が過ぎた。

突然、味方の後方で、ときの声が上がった。それを待っていたかのように、北条軍は前進を開始する。

朝右衛門は大刀を抜くと、仁王立ちになり、

「放て、放て」

と大声で叱咤する。弓組はつかえた矢を一斉に放つ。が、北条軍は前面に楯《たて》を並べているので、昨日のようにはいかない。

その時である。北条軍の楯の脇に鉄砲を構えた兵が現れ、射撃を始めた。

敵の放つ着弾で、弓組の周囲に土煙が上がる。

「放て、放て」

大刀を振りかざし、大声で叱咤している朝右衛門の身体が大きく、跳ね上がったと見る間に、地面に落ちた。

「小頭」

思わず駈け寄った半次郎は、朝右衛門の身体を抱き起こした。

朝右衛門の胸元から血が吹き出している。

これでは助からないと思った時、朝右衛門が目を開けた。

「半次郎か、わしはもう駄目だ。あとのことは頼むぞ」

かぼそい声で言うと、そのまま息が絶えた。心に怒りを生じた半次郎は、持ち場に戻り、矢をつがえては放ち、つがえては放った。

「引け、引け」

与力の声が弓組の耳に届くと、待っていたかのように、味方は退却を始めた。

半次郎は、朝右衛門の死体に駆け寄り、両手を合わせると刀を抜いて髪の毛を切り取り、懐へ入れ、味方の後を追った。


今度の敗因は、北条氏康の計略にまんまと乗らせられたということである。

氏康は、緒戦の敗北の後、深夜ひそかに別働隊に川を渡らせ、台地の北にある森の中にひそませておいた。

里見・太田連合軍は、そのことに気付かなかった。

翌日、両軍対峙するや、北条軍から狼煙が上がった。

それを合図に、北条の別働隊が連合軍の背後から突撃したのである。

不意をつかれた里見太田の連合軍は、混乱に陥り、本国目指して敗走することになった。

この戦いで、太田資正は負傷し、家臣に守られて戦場を脱出、ようやく岩付に帰り着いた。

半次郎が朝右衛門の実家である広木家を訪れたのは、敗戦から数日あとのことである。朝右衛門の息子を朝吉と言う。母が早くに死んだため、実家に預けられていた。朝吉は今年二十五になる。

名主をつとめる朝右衛門の兄を長兵衛と言うが、子が生まれなかったため、朝吉を養子にしていた。

伯父の手で育てられた朝吉は、今では名主の代理をつとめるほどになっていた。父の死の様子を聞いても内心はともかく、表面は落着いており、半次郎に深々と頭を下げ、礼を言った。

長兵衛は六十を過ぎた老人で、衰えが目立ち、半次郎の持ち帰った肩身の髪の毛を手にとり、涙の目で見つめていた。

朝右衛門の葬儀には、お弓奉行の家臣が足軽を引連れて、名主の家を訪れ、焼香した。

与力の笹尾陣十郎は退却の時、敵の銃弾を受け、負傷したため、欠席した。

十日のち、半次郎は与力を見舞いに行った。笹尾は思ったより元気で、居間で半次郎に応対した。与力は朝右衛門の死を悼んだ後、妻に酒肴を運ばせ、半次郎にくつろぐように言った。

しばし歓談が続いた後、頃合いを見て、半次郎は思いきって話し始めた。

「わたしも寄る年波で、ご奉公もままならぬ身体になりました」

と言い、「弓足軽を退きたいと言った。

目をつむっていた与力は、

「半次郎は何才になるか」

と聞いた。

「四十一になります」

「隠居の儀はわしから、お奉行に申し上げよう」

と与力は言った後で、

「半次郎に子供はあるか」

と聞いた。

「はー、二男一女がおります」

と答えると、与力は、

「男子の一人を奉公に上げるつもりはないか」

「子供の気持ちを確かめてみないことには、ご返事が出来かねます」

と答えると、

「うむ。もっともな話だ。良い返事を待っておるぞ」

　その後で、与力は、

「わしは朝右衛門の後釜を半次郎にしようと思っていたが、残念である」

と言った、半次郎は、

「わたしは、小頭の器ではありません」

と答えた。

　その後も与力が酒を進めるのを丁重に断って、与力の家を辞去した。

　二ヶ月のち、長男の半平が足軽奉公に上がることになった。

　半平の配属先は鉄砲組である。

　半次郎が足軽奉公に上がった頃は、戦場の主要兵器は弓であった。が、時は移り、今では、戦場の主要兵器は鉄砲にとって変わっていた。

この後、関東の情勢は大きく変わる。

上杉謙信は支配下にある下越の村上の謀反の鎮圧に手を焼き、また、会津の芦名が上杉領内に侵入するなどで、多忙を極め、さらに京では謙信の後ろ盾だった将軍義輝が松永久秀の殺される事件もあり、関東への出陣も思うにまかせぬ状態にあった。

そういう時、太田資正の嫡子源五郎と、北条氏政の妹との縁談が持ち上がる。使者として岩付へ来たのは、法華の坊主である。

資正は、縁談に反対だったが、重臣らは太田家の安泰のためには、上杉と縁を切り、北条に付くべきとの意見が多く、源五郎も同じ気持ちであったので、縁談はまとまり、北条の血が岩付太田に入ることになった。

それを機に資正は、家督を息子にゆずり、隠居して城を出るとわずかの供を連れて、東へ向かって旅立った。

永禄十年、北条と里見との戦いで、太田源五郎は討ち死にする。

その後、氏政は次男の氏房を岩付城主として送り込み、岩付城は北条の支城になった。

天正六年、半次郎は妻に看取られ、五十才で死んだ。

雑兵丑松

武州岩付太田領千々川村は、貧農の村である。村が貧しいのは水の便が悪く、米作に適さないからである。この村に丑松という若い男がいた。猛牛のような身体を持つ大男で乱暴者として知られ、廻りの者は相手にしなかった。本人はそれを良いことのように自堕落な生活をしていた。

僅かばかりの畑を所有しているが、手入れもせず、放っておいた。

彼は、村の外れにある博打場へ出入りし、日々の生活費を稼いでいた。

昨夜から、朝にかけて一向に芽が出ず腐っていた丑松は、客に酒の接待をしている賭場の若い男に、

「この頃、丙三の姿が見えないが、患ってでもいるのか」

と聞くと男は、

「丙三さんは、当分来ないでしょう。お城へ奉公にあがったと、聞いておりますで」

と言った。

「何だと」

酒の酔いもあってか、丑松が大声を出すと、

「丑松さん、わっしを怒ってもしょうがありませんぜ、丙三さんが決めたことですから」

「そうか、そうと知ったら来るんじゃなかった。俺は奴に貸しがあるんだ」

丑松は立ち上がり、帰り支度をした。

「丙三の奴、場銭が返せねえで逃げ出したか」

賭場をあとにした丑松は、独り言を言いながら、ぶらぶら歩く。

丑松は、かって知った丙三の家の前で止まった。

丑松も貧しいが、丙三も貧しい。近在の村は貧農が多く、村の男手は城下へ出稼ぎに出るか、他村の裕福な家に雇われて、生計を立てている。が、丑松や丙三のように賭場へ入りびたる者もいた。

丙三は、多少の畑を所有しているが、見たところ、畑の手入れもよく、麦が青々と育っていた。

「ごめんよ」

丑松が声をかけると、家の中から若い娘が現れた。

おどろいたのは丑松である。ひなにはまれな美しい女だからである。

「俺は、丙三の友達で丑松という者だが、丙三はいるか」

丑松の問いに娘は落ち着いて、

「私は丙三の妹でお捨と申します。兄はお城奉公にあがり、家にはおりません」

「うん、いつからお城の奉公に出たのかな」

丑松は、娘の美しさに気後れしながら聞いた。

「去年の暮れ、奉公を進める人がおりまして、年が明け、松飾りがとれたとき、兄はお城へ奉公に上がるから、後をたのむと言って家を出ました」

「お城の奉公と言っても、様々だろうが、何をしているんだね」

「お槍組と聞いております」

娘は言った。

「そうか、邪魔したな。ご免」

丙三の家を出て自分の家に帰りながら、丑松は、

「丙三の奴、借金が返せねえで足軽奉公に出たのか」と思ったが、

「思えば、俺も丙三も賭場通いで、一天地六の賽の目暮らし、目と出たときはよいが、出ないときは丸裸だ。足軽奉公に出れば、寝る所と食うことに不自由しない。俺もいつまでも、こんな暮らしをしていられない。俺も足軽になるか」

荒れ果てた自分の畑を眺めながら、丑松は思った。

今まで不義理をしてきた人達に理由を話し、丑松が岩付の城へ入ったのは、それから一ヶ月後のことである。

丑松が配属されたのは、長柄の槍三番組であった。

長柄は、二間半から三間半の槍を自在に扱う。槍は突くだけではなく、敵兵の頭部を強打し、又は敵兵の足に引っかけて倒すなど様々な技がある。それ故、十文字槍、鎌槍など用途に応じた槍がある。

人並み外れた大男の丑松は訓練を重ねるうち、組一番の猛者になった。

丙三は二番組に属していた。丑松が見かけて声をかけると、

「やー丑松か、俺がここにいることをどうして分かった」

丙三は小心者である。作り笑いを浮かべて丑松の顔を見た。

「手前の妹に聞いて知った」

「丑松は妹に会ったのか」

丙三は不安そうに聞いた。

「会った。手前には似合わなねー、よく出来た妹じゃないか」

言ったあとに丑松は、

「丙三、俺は手前に貸しがあるが、今すぐ返せとは言わねー、そいつは無理だろうからな。いずれ返してもらうが、ここは渡世人らしく仲良くしよーじゃないか」

それを聞いた丙三は少し安心したようだ。

それから丑松は度々、丙三を訪れるようになった。

二人は地酒を飲みながら飯を食った。

城内では博打は禁止されている。が、二人は非番で町へ出たとき、そっと賭場へ行くこともあった。

ある日、丑松は丙三に聞いた。

「妹の名はお捨というのか」

「あーそうだよ」

「妙な名を付けたものだな。が、手前には似合わないしっかり者だ。本当の妹か」

「丑松、お捨は俺の妹じゃない」

「貰い子か」

「俺がまだ五つか六つの頃だった」

丙三は大きく息を吐くと語り始めた。

「その頃は親父もお袋も達者で、毎日野良の仕事に精出していた」

「ある秋の日の夕方、野良仕事から帰ったお袋が赤ん坊を抱いていた。畑のあぜ道で泣いていたと言う。上等な布にくるまれていて捨てたのは金持ちの身分の高い人だろうと、お袋は言った。育てられない事情があって捨てたのだろうと思われた。赤ん坊は女の子で、両親にお捨と名付けられ、その日から俺の妹になった。俺はだらしないが、妹はしっかり者で、一人で畑を耕し暮らしている。俺には過ぎた妹だ」

「うーむ、そういうことか」

「丑松、俺は手前に借りがある。借金のある身で頼み事をするのは厚かましいが、俺にもしものことがあったら、妹の面倒を見てもらえないか」

常日頃、のんきな丙三が真剣な顔で言った。

「分かった。その時は俺にまかせろ」

丑松は軽い気持ちで答えたが、それが本当のことになるとは、未だ彼は思ってもみなかった。出陣命令が出たのは、それから間もなくのことである。

行く先は河越である。元は関東管領上杉家の城であった河越城は、今では新興勢力である小田原北条氏の城になっていた。


三番組の小頭を、丸柄忠兵衛という。忠兵衛は丑松より年上で、二十半ばの男である。常に戦場を駆け廻っている忠兵衛に油断はない。

「いいか、戦場では油断は禁物だ。たとえ、酒を少し飲んでいるときでも油断するな。少しの油断が命取りになると思え」

博打上りの丑松にとって、その言葉は身にしみている。以前、賭場の帰り道、二人の男に襲われたことがあった。その時、丑松はしたたかに酔っていた。原因は借金のもつれだが、人一倍体力にすぐれている彼は、その場を切り抜けたが、それ以来、寝るときも刀を抱き寝の生活をするようになった。

河越に出陣して数日が経過した。それから間もなくのこと、すでに夜半をすぎた頃である。

「敵襲！」

見張りの叫ぶ声で、丑松は飛び起きた。外は馬のいななき、人の怒鳴り声で騒然としている。

容易ならぬ事態だ。動物本能で感じた丑松は枕元の刀を腰に、長柄の槍を手に外へ出た。丑松の前に馬が現れた。乗っている武士は夜目にもはっきりと白いタスキを掛けている。

「敵だ」

思ったと同時に、丑松の槍が馬の前足を払う。馬は竿立ちになり、乗っていた武士は地面に落ちた。馬の脇腹に矢が刺さっていたが、丑松の眼中に入らない。

敵の首を取れば金が入る。それだけがこの男を動かしている。

丑松は猛然と武士に組み付き、見事、武士の首を取った。そのあと、弓矢を手にした味方の足軽を見た、以前から見知っている半次郎という男だった。

真面目そうだが、どこか骨のある男だと彼は見ていた。

「退却だ、退却しろ！」

小頭の声が聞こえた。

遠くに味方の軍勢に退却を知らせる陣貝が吹き鳴らされている。

「残念だ、賞金が手に入ると思ったが」

捨てぜりふを残しながら丑松は、取った首を捨て、槍を肩にかついで、仲間の後を追った。

岩付領まで来れば安心である。

「丙三の姿が見えないが」

丑松は二番組の男を見かけて声をかけた。問われた足軽は三十くらいの日に焼けた男である。

「俺が戦いの場から引き揚げる時、丙三は敵の足軽と槍の叩き合いをしていた。『丙三、そんな奴はほおっておいて逃げろ』と俺は言った、丙三は『この野郎を片付けてから後を追う』と言っていたが、敵に首を取られたか、もしそうだとしたら、丙三に加勢すべきだったな」

日に焼けた男は残念そうに言った。

河越合戦のあと、雑兵は帰郷を許された。

大名にとって、米穀は大事な収入源であり、村にとっても大事な働き手である雑兵の帰郷を歓迎している。

丑松は我が家に帰る前、丙三の家を訪ねた、お捨は日に焼けた顔で、兄の友人を迎えた。丑松は女の容姿を眺めた。

女は緑の黒髪を後ろで束ねているが、目鼻立ちの整った美しい顔で気品があった。

丑松は思わず女を抱きしめたい衝動にかられたが、思いとどまった。

丑松はお捨に今度の戦は負け戦で、退却の混乱の中で、内三が行方不明になったことを告げ、恐らく敵の手にかかって果てたのだろうと自分の考えを伝えた。

お捨は観念したように、目をつむって聞いていたが、その目から一筋の涙が流れた。

その涙を見た時、丑松の心に変化が生じた。女を愛しいものと思え、この女のためなら、命を投げ出しても良いと思った。

その後、お捨は台所に立ち、夜食の支度を始めた。

やがて丑松の前に食膳が据えられた、膳には酒が付いていた。

「兄が帰ってきた時のため、仕込んでおいた酒です」

お捨は三升は入るであろう大きな徳利を持ち上げた。

注がれるまま、丑松は飲み、酔った。

「今夜はお泊まり下さいまし」

女は神妙な顔で言った。次の間に夜具が敷かれているのが見えた。

家に帰ったところで、迎える者のいない暮らしである。丑松は女の好意に甘えることにした。

「抱いて下さい」

夜具に身を横たえた丑松に、女は自分から男の体を求めてきた。女にしてみれば、兄を亡くした悲しみと、兄の友人である、たくましい男にすがりたいという思いがあったのであろう。

その夜、丑松はお捨と男女の契りを結んだ。

一夜明けた後、丑松は人が変わったように真面目になり、野良仕事に励むようになった。人一倍の体力を持つ丑松にとって、農作業は苦ではない。野良仕事は見る間にはかどり、お捨は安堵の色を浮かべた。

男を変えるのは女と言うが、丑松は人が変わったように真面目な生活を送るようになった。なったと言っても、二人とも身寄りがなく、自然、そうなったと言うべきか。

丑松の生家は放置されたままだが、彼はそれを意に介することもなかった。

やがて、妻は身ごもり、月みちて男子を生んだ。丑松は長男に松造と名付けた。次の年、また男子が生まれ、松二郎と名付けた。

丑松は農作業に精を出し、無頼の生活から足を洗った。たまに賭場の若い者

が丑松の住居を調べて訪ね、賭場に誘うこともあるが、
「あっしは、今では堅気の暮らしをしております」
と言って、誘いを断った。

丑松は久し振りに出陣することになった。行き先は上州平井である。

小頭の丸柄忠兵衛の言うには、
「上州平井城は、上杉家当主憲政様にとって、関東における最後の城である。上州は上杉の領域であるが、今では上杉の代官を務める長尾に従う者が多くなり、上州も安住の地ではない。今度の戦では、味方の中に背反する者が出るやも知れぬゆえ、気を引き締めて出陣するように」

小頭の言葉が現実のものになるのは、それからしばらく後のことであった。

平井城の上杉憲政の下に馳せ参じた大名で、武州では岩付の太田、行田の成田等だが、大半は上州の大名であった。

城中では、上杉憲政を中心に連日、対北条戦略が討論されたが侃々諤々《かんかんがくがく》、議論縦横するも、大将たる憲政は決断力に欠け、結論が出ぬまま時が過ぎた。

そういう状況下、突如、戦雲が平井城に迫った。

小田原の北条氏康は配下の忍び（風魔党）の情報で、上杉憲政が配下の大名と、上州平井で対北条戦略を練っていると知り、各地に駐屯している味方の軍に出陣を命じた。

「好機のがすべからず、上杉を関東から駆逐するにはこの時ぞ」

と大軍を率いて北上を開始したのであった。

平井城に参集していた大名は、

「今やこれまでだ」

と手勢を指揮して、大敵に立ち向かう。

太田資正は先陣を切って、敵陣に突入する。戦いの前、槍奉行与力の福島三郎が大声で組の者に言った。

「敵は我に数倍の人数だが、勝敗は兵の多寡にあらず、先手必勝だ。我らは今から敵陣に突撃する」

「おー」

その言葉に味方の兵は、勇気凛々、敵の前線に向かって突撃を開始した。

たちまち、敵味方の槍の突き合い、叩き合いが始まる。敵の後方に旗差し物を背にした騎馬の武士が現れた。

「丑松、あの旗を叩き落とせ」

小頭が大声で言った。

「承知した」

体力にまさる丑松は、隊を離れ、槍を水車のごとく振り回しながら敵陣へ突入する。敵の兵が左右へ開いた。

「うおー」

獣のような大声を発しながら、騎馬武者目掛けて突進した丑松の槍が、旗差し物を背負った武士の馬の足を薙いた。前足を切られた馬はその場に倒れ、武士は地面に投げ出された。起きあがろうとする武士の首を丑松の槍が刺しつらぬく。

味方からどっと、喚声があがる。それを機に敵は退却を始めた。

「追うな」

敵の後を追おうとする兵を与力が止めた。やがて日が暮れ、その日の戦いは終わった。ところがその夜、主将である上杉憲政が護衛の武士に守られて、ひそかに城を出て、前橋へ退却してしまった。

主将が逃亡したとあっては、戦う理由も無くなる。さらに夜の間に城を脱出した大名もあって、兵数は半分になっていた。

太田も成田も、敵の囲みを破って本国に帰ることになった。幸いなことに、北条は敢えて戦おうとせず、武州の大名は無事に帰還できたのであった。

丑松が我が家の入り口に立った時、家の中から読経の声が聞こえた。中に入ると近所の女たちが働いていた。座敷の中では、顔見知りの僧が経を読み、妻と次男の松二郎が神妙な顔で座っていた。

その前に夜具が敷かれ、顔に布をかぶせられた子供が横たわっていた。それを見て、丑松はすべてを悟った。長男が死んだのである。

「お帰りなさいまし」

読経の僧侶が帰った後、妻は丑松を迎えた。

「松造は死んだのか」

夫の問いに、今まで気丈な態度を持していた妻の目が見る間に涙であふれた。丑松はいたわるように妻の背に手をおいた。松二郎は事態が理解できず、無邪気に遊んでいた。

妻は静かな声で成行きを語り始めた。

「昨日の朝のことです。松造は水を汲みに出ました」

家には井戸がなく、家の横を流れる小川から水を汲んで飲み水にしていた。水は清く飲み水に適していた。

妻は雑用に忙しく、松造のことを忘れていた。

妻が雑用に追われている時、入口で人の訪う声がした。その声は切迫していた。ただごとではない様子なので、妻が出てみると、近所の男が松造を両手で抱いて立っていた。男は言った。

「俺が畑へ行く途中、何気なく川をのぞくと、川の底に子供が沈んでいた。慌てて水の中から助けあげたが、すでに息が切れていた。俺がもう少し早く、家を出ていれば、子供は死なずにすんだかも知れないが残念だ」

男は妻のお礼の言葉も上の空で帰って行ったと言う。

「そうだったのか」

丑松は目を閉じて言った。

「お捨さん、夜食は作っておきました」

手伝いの女が言った。

「忙しいところ手伝っていただき、ありがとうございました」

丑松は女たちに礼を言った。

「いいえ、おたがいさまです」

その後、女たちは帰った。

「飯にしよう。親が死んでも穀休みというからな。しまった。死んだのは親じゃなく子供だった」

丑松は妻を元気づけるため明るく言った。が、妻は何も言わず、次男の世話をしている。下手な冗談を言ったと彼は後悔した。

何も分からない次男は、おいしそうに食べ始める。年は三才だが、体が大きく五才位に見える。

翌日、ひそやかに葬儀が行われ、遺体が埋葬された。

農繁期に入り、猫の手を借りたい忙しさである。夫婦は懸命に働く。次男は両親の手伝いをするのが楽しいらしく、野良についてくる。やがて秋となり、農作業も終わった。

村が祭りの季節である。

寺の境内に臨時の土俵が作られ、村相撲が始まった。

一家は弁当持参で相撲見物に出かけた。親子水いらずで、弁当を食べていると、行司役の男が丑松に近寄り、声をかけた。

「立派な体をしていなさるが、飛び入りで土俵に上がったらどうかな」

「お父ちゃん。やりなよ」

次男のあどけない声にはげまされた丑松は、

「一丁、やってみるか」

と土俵に上がった。

並外れた体力を持ち、さらに戦場で実戦を経験してきた丑松にとって、村相撲など他愛のない闘いである。

力自慢の村の男たちは、丑松の敵ではない。必死で向かってくる男らを、丑松は投げ飛ばし、あるいは土俵の外へ押し出し、とうとう優勝してしまった。

賞品は、大きな酒樽である。

酒樽を背負った丑松は、妻子を伴って家へ帰ると、日頃世話になっている近所のひとたちを招いて宴会を始めた。

酒好きの男たちは妻子を連れてやって来た。次男の松二郎は大悦びで大人たちの間を走り廻り、やがて疲れたとみえ、母親の膝で寝てしまった。宴もたけなわになった頃。酒樽が空になり、近所の男たちは女たちに支えられて、帰って行った。

次男が八才になった時、戦が始まった。が、この作戦は秘密裡に行われた。

早朝、城を出た岩付軍は、日没を待って行動を起こす。

目的は、小田原北条に攻め落とされた松山城の奪取である。

前方の闇の中に、小高い丘が浮かび出た。松山城は、丘をたくみに利用した天険の城である。槍組は最前線に位置している。

「今から丘を攻め上がり、城を占拠する」

槍組与力が静かな声で指図した。丑松は槍の鞘を外すと腰紐にはさんだ。

そして、音を立てず、同僚と共に坂を上がった。低い丘である。上がりきった所に柵がめぐらされている。柵の廻りに本来いるはずの番兵がいない。これ幸いとばかり柵を押し倒し、前進する。

前方に灯火が見える。番兵の詰所のようだ。

「突っ込め」

小頭の声に槍組は穂先をそろえて突撃する。たちまち起こる剣戟の響き、阿鼻叫喚の声、奇襲に成功し、城将はいち早く、城を捨てて逃亡し、残された城兵は降伏する。太田資正は降伏した兵を自軍に組み入れ、戦力を補強した。乱世では、兵は主君に対する忠義よりも自分の安全が大事である。

この年の秋、旧暦十月中旬、新たに関東管領に任ぜられ、長尾景虎から名を変えた上杉謙信は、関白近衛前嗣《このえさきひさ》公と、その子尚君を守護し、三国山を越えて、上州の前橋城へ入った。前橋城に入った謙信は上州で年を越すが、その間、関東の大名に回覧を廻し、明春、小田原の北条を征伐するゆえ、武州松山城に参集するようにと告げた。

翌春、前年の動員令を聞いた関東の大名は、軍勢を引き連れ、松山城へやって来た。その数、十万と言う。謙信は参集した軍勢を率いて南下。小田原城を包囲した。

が、小田原三代目当主の氏康は、音に聞こえた名将である。この時、小田原の北条と、甲州の武田は同盟を結んでいたのである。

甲州の武田信玄も稀に見る名将である。氏康の救援要請に直接小田原に向かうようなことはせず、信玄のとった行動は謙信の本拠である越後の国境を脅かすことにより、北条を救援することであった。

武田軍越後に迫るの急使が、謙信の本拠越後春日山城から次々と、小田原城を包囲している謙信の本陣へ走って来る。

こうなっては謙信も小田原攻めを断念せざるを得ない。

囲みを解いた謙信は、軍を解散し、本拠へ帰り、うらみ重なる信玄と雌雄を決すべく、川中島へ出陣するが、この闘いは、この稿では割愛する。

時は乱世、闘いは日常である。永禄四年十二月十一日、北条氏政は兵三万を率いて北上、松山城を囲んだ。氏政が冬に軍事行動を起こしたのは、上杉軍が雪に行く手を阻まれ、出陣出来ないのを予見してのことである。

太田資正が松山城の危急を知ったのは、犬の働きによる。資正は松山城内に愛犬を飼い置いて、危急の場合、岩付へ知らせるよう手配していたのであった。犬は思惑どおり、首に密書を付けて放たれ、難なく敵の囲みを通り抜け、岩付へ走り、危急を知らせた。軍事史上初めての軍用犬の活用である。

しかし、敵は大軍。岩付軍独自の救援は無理と知った資正は、このことを越後の上杉謙信に知らせた。

当初、氏政は、

「たかが知れた小城一つ、いかほどのことやある。一気に攻め落とせ」

数を頼んで力攻めにかかったが、案に相違して、城の防備は固く、思うようにならない。それもそのはず、資政はそのことをあらかじめ予見し、騎当千の兵五千を城兵とし、武器弾薬食料を充分調え、敵の攻撃に備えていた。

予想外の抵抗にあった氏政は、同盟を結んでいる武田信玄に応援を求めた。

二万五千の兵を率いた信玄が松山城へ着陣したのは、年が明けた二月である。

北条、武田の連合軍が城を包囲したが、城は落ちない。

力攻めの愚を悟った信玄は、謀略を用いて城を落とすことにした。

一方、短気な上杉謙信は、雪の溶けるのを待ちきれず、馬にかんじきを履かせ、雪の三国山を越えて関東に出た。上杉軍の出陣を知った太田資正は、岩付軍を率いて上杉軍に合流、一路松山城を目指す。

謙信率いる上杉軍は、軍神かと思われる猛々しさがある。

しかし、軍が松山城を指呼の間に望む、石戸まで進軍したところで歩みを止めた。

「どうやら、松山城は敵の手に落ちたようだ」

と、小頭が行った。

落城の原因は、城将が信玄の謀略に乗せられ、開城したからである。

その日は、謙信軍はその場で野営し、翌日軍は反転し、東方へ向かった。目的は北条方の城のある私市《きさい》と知ったのは、途中を流れる荒川まで進んだ時であった。槍組はその場で警備に当たり、味方の軍が急造の舟橋を作り、対岸へ行くのを見守った。

鬼神の上杉軍は城を包囲、勝ち鬨の声を上げる。城方も勇敢に討って出るが、多勢に無勢、上杉軍の猛攻にことごとく討ち死にした。

その後、城内に乱入した上杉軍は、男女の別なく子供に到るまで殺戮し、越後へ帰陣した。その惨状を見た岩付軍は上杉軍の残虐に目を背けた。

この殺戮事態の後、岩付軍をはじめ関東の将兵は表向き上杉軍に従うが、若干距離を置くようになるのであった。

歳月が流れ、丑松は四十才になった。

次男の松二郎は十五才、並外れた大力の持ち主で、村相撲で彼に敵対する者はなかった。が、母親には柔順で、真面目に野良仕事に精を出している。

その後、上杉謙信は四方の敵の備えに多忙で、関東における支配は弱まった。

それを感じた関東の大名は、上杉を見限り、小田原の北条に与する者が多くなった。しかし、太田資正は、北条の軍門に下ることを良しとせず、房総の里見と同盟し、北条に対抗する。上杉の関東への支配が弱まったのを好機と見た北条氏康、氏政は、里見を亡ぼすべく、里見の前線基地である国府台を占領するため、北上を開始したのは永禄七年一月のことである。里見義弘は直ちに同盟相手である太田資正に救援を求めた。

国府台は江戸川東岸にある高さ二十メートルほどの台地で、上部は平坦な地形で、里見軍はこの台地上に陣を敷いて、敵に備えていた。台地の東方は狭い谷津で、小さな集落があるが、他の三方は断崖で守るに固く攻めるに難しい地形である。

数に勝る敵は、川を渡り、崖にとりつき、一気に攻め上がろうとする。味方にとって、敵は良き獲物のようなものである。雨あられと降りそそぐ矢に当たり、敵兵は悲鳴をあげて水へ転げ落ちる。損害の大きさに敵は攻撃を止めた。それまで満を持していた味方は、槍先を揃えて一気に崖を駆け下る。

「手柄を立てるはこの時だ」

と丑松は自慢の槍を振りかぶり、敵陣へ突入する。乱戦の場合、槍を突くより、頭上高く振りかぶり、敵兵の頭を叩き割る方が効果的である。

丑松は敵の足軽の頭や背中に九尺の槍を打ち込む。

敵は算を乱して逃走を始めた。

「深追いをするな」

小頭の忠兵衛の声が頭上から落ちて来る。槍組は敵を充分に追い崩し撤退した。南国の里見の兵は陽気である。昼の戦いでの勝利に飲めや歌えの騒ぎに興じた。それを見た岩付軍の中からも、宴会に加わる者が出た。そこに油断が生まれた。

翌日、敵は前日と同じように前進するが、その動きは緩慢で、一定の距離を保ち、前日のように攻め上がって来ない。

そして、時が過ぎた。

「敵襲!」

味方の後方で声が上がった。

何時の間にか、岩付、里見軍の背後に敵の大軍が迫っていた。それを待っていたかのように、前面の敵が川を渡り、崖を攻め上がり攻勢に転じた。敵の腹背からの攻勢に、味方は大混乱に陥る。が、槍組は反転し、背後の敵に立ち向かう。

前面の敵は、鉄砲組を前に出し、崖に向かって火蓋を切った。

丑松は、左の方に焼け火箸を当てられたような強い衝撃を感じた。見ると左の肩口に穴が開いて血が吹き出した。

「何のこれしきの傷」

槍を構え直した丑松は、射撃に続いて突撃してくる敵に立ち向かう。

「引け、引け、退却だ」

小頭の悲痛な声が辺りに響く。

丑松は、迫り来る敵と戦いながら、戦場を離脱した。岩付軍は北へ、里見軍は東方へと退却して行った。

敵は追撃して来なかった。四方に敵を持つ北条軍は深追いを避けたのである。

ようやく岩付領内に入った軍は、一息ついた。後で知ったことだが、この戦いで主君の太田資正は負傷していた。

城内で傷の手当てを受けた丑松は村へ帰った。負傷して帰った夫を見た妻は心配そうに顔を曇らせた。

その様子を見た丑松は、

「戦いに傷はつきものだ。これしきの傷は何でもない。それより酒を」

と言った。丑松が帰ったことを知って近所の男たちがやってきたが、頑強な丑松の戦傷を聞いて驚いていたが、出された酒が入ると陽気になり、礼を言って帰って行った。

程なく傷も癒え、村は忙しい季節に入る。妻と次男が常日頃から、畑の手入れをしていたおかげで、その年は豊作だった。

豊作は大名にとっても良いことである。

太田資正は領内の豊作を慶賀した。しかし、国府台合戦の折の負傷が尾を引いていた。

丑松の妻は夫の身体をいたわるが、若い頃、無頼な生活をしていた丑松は、陽気にふるまっていた。

その年の秋、上杉謙信は関東に出陣した。それは前年、上杉の同盟相手である岩付の太田と、房総の里見が、北条との戦いに惨敗した屈辱を晴らすための出陣である。が、従う軍勢は少なく、小田原を攻めることは適わず、北条方の下総臼井城を攻めるが、城方の抵抗は意外に強く、思うにまかせない。この戦いに参陣したのは、関東では岩付軍だけで、房総の里見は国府台の敗戦の痛手が回復せず、他の大名も日和見を決め込んで動かなかった。

一方、北条方の臼井城主、原式部は名門千葉氏の家来であるが、武勇抜群の部将で、主家をしのぐ勢いがあった。上杉軍など何ほどのことがあろうと、待ち構えていた。

原の参謀をつとめていたのは、白井という人物で、戦術家として知られていた。

白井は原に言った。

「敵は我に勝る軍勢を擁しているが、天上に立ちこめる気配には停滞の気が見える。それに比べ、味方の陣営には充実の気配が見える」

戦いは白井の予言通りになった。

数に勝る上杉軍は、城を包囲し、一気に攻めた立てたが、城方からは、一騎当千の部隊が出撃、上杉軍を追い崩して、撤退させ、続いて第二陣が出撃する。その後、三番手には城の家老が自ら出撃。上杉軍は、一陣、二陣と破られ、上杉の本陣へ迫る勢いである。

城方で抜群の働きをしたのは、松田孫太郎という勇士である。

松田は大長刀を振りかぶって、敵陣に突撃、八人の敵を切り殺し、そのあと長刀を雑兵に持たせ、自らは樫の棒で馬上の敵を打ち落とすなどして、敵味方の兵を驚愕せしめた。この時、下総佐倉にいた名門千葉介も兵を率いて助けに駆け付けた。

このため、上杉謙信は、臼井城攻略をあきらめ、前橋まで退却、やがて帰国した。

この戦いでは、丑松の属する槍組は先陣に立つことがなかった。それは太田資正が前年の戦いで受けた負傷が癒えず、さらに、謙信に対する忠誠心が低下していたことによる。帰国した謙信はその後、北条との和睦を考えるようになった。

帰陣した丑松は村へ帰り、野良仕事に精を出すが、彼には気がかりなことがあった。それは妻の体が痩せ細ってきたことである。それにカラ咳をするようになったことも気になった。が、妻は夫や息子に心配をかけたくないのか、常に変わらぬ態度で陽気にふるまっていた。

丑松は以前、傷の手当てをしてもらったことのある城下の医師に妻の容態を看てもらおうと思ったが、妻は、「疲れているだけだ」と明るく笑っていた。

妻が喀血し倒れたのは、冬に入って間もなくのことである。

丑松は松二郎に金を渡し、城下の地図と医師の場所を教え、医師を連れて来るように言った。

翌日の朝、松二郎は医師を伴って帰って来た。そのあとから、薬箱を抱えた医師のお供がついて来た。

医師は妻の療治にかかった。

「妻の容態はいかがですか?」

丑松の問いに医師は首をかしげて言った。

「お内儀は胸の病いにおかされておりますな」

と言った。

「治りますか？」

　丑松は心配そうに聞くと、医師はまたしても首をかしげ、

「滋養のあるものを与え、しばらく様子を見るのが良いでしょう」

　そして、医師は薬箱を持った供を連れて帰った。

　年が明け、正月を迎えた時、妻は元気な様子だったが、十日のち死んだ。

　丑松は落胆し、気力の衰えが目立ってきた。しかし、それを救ったのは次男の松二郎である。葬儀の手配からすべてを彼が取り仕切った。

　次の年、丑松の仕える岩付城でも大きな変化があった。

　それは今まで北条に対抗して来た資正の隠居である。

　その原因は、氏政の陰謀にあった。氏政は岩付城を手に入れるため、資正の息子と自分の妹との縁組みを働きかけた。

　資正は反対したが、重臣らは賛成した。息子もこの話に乗り気である。

　資正は今まで、北条に対抗するため、里見や行田の成田、上州の大名と同盟

し、上杉謙信を大将にして、北条に対抗してきたが、今では多くの大名は上杉を離反し、北条に与する者が増えた。

氏政の妹が岩付城に入ったのは、縁組の話が持ち上がって間もなくのことである。

それを機に、資正は数人の供を連れて城を出ると、東へ向かって旅立った。

その事を知った丑松は、小頭の忠兵衛に槍足軽をやめたいと申し入れた。

小頭は、丑松の願いを認めるかわりに、次男の松二郎を槍組に入れたらどうかと言った。息子の気持ちを聞いてから答えると言って、丑松は城を後にした。

城を出た丑松は大手門から城を眺め、

「二度と、この城へ来ることはないだろう」

と思った。

松二郎は、父親に柔順で、槍足軽になることを承知した。

その年の秋、妻のあとを追うように丑松は死んだ。父の葬儀を済ませたあと、松二郎が北条の支城となった岩付城へ出仕したのは永禄十年のことである。

松二郎はこのとき十七才、六尺にあまる大男で、のちに勇名をはせることになる。

　永禄十二年、上杉謙信は北条氏康と同盟し、里見義弘は武田信玄と同盟し、関東の情勢は大きく変わる。

雑兵松二郎

松二郎は、丑松の次男である。彼には兄で松造という者がいたが、早死にしたため、両親の期待は、松二郎にかかっていた。が、彼は頓着せず、すこやかに成長した。子供のころから体が大きく、村一番のがき大将だった。長じてからは、相撲が得意で、父親ゆずりの恵まれた体と度胸で大いに戦い、常に優勝をさらっていた。

松二郎が、父のあとを継いで、槍足軽として岩付城へ出仕するようになったのは、父がいまわの際にいった言葉による。

丑松はいった。

「今の戦さは、わしら雑兵がいなくなっては戦えない。それが証拠に、戦いは夏場をさけ、秋から冬、春の間に行われている。夏はわしら雑兵は、農家の仕事が忙しく、戦いに出ることが出来ないからだ。今の合戦は、雑兵あってこそ成り立っている。」

「これからは、合戦の場において、雑兵が必要になるだろう。戦いの勝敗を決めるのは、雑兵の働き如何にかかっているといっても言い過ぎではない」

と言って丑松は事切れた。

天正六年三月、関東に威を振るってきた、越後の上杉謙信が死んだ。

同じ年の七月、岩付城主、北条氏房と、秩父鉢形城主、北条氏邦の率いる軍勢は、野州皆川の城を攻めるために北上した。が、皆川も手をこまねいて見ていたわけではない。壬生、小山、佐野などの味方の武将に援兵を乞う一方で、皆川の前方にそびえる、太平山に先陣を構え、北条軍を待ち構えていた。

前線の氏房から、岩付の留守部隊へ、足軽三十人を増援として送れという命令が届いたのは、本軍が出陣して間もなくのことである。

増援部隊として、出陣を命ぜられたのは、弓組と槍組の混成部隊である。各組に小頭はいるが、全隊を指揮する武士はいない。彼らは本軍に合流すべく、いそぎ出発したが、途中道に迷い、いつの間にか軍の最前線に出ていた。が、彼らはそのことに気づかない。

行手に山が現れた。ふもとを川が流れている。水は清み、魚が泳いでいるのが見える。

残暑の厳しい日がつづいており、急いで行軍してきた彼らは、喉が渇き、具足の下を汗が滝のように流れている。

清流を目にした彼らは、我先に、流れに口をつけ、水をむさぼるように飲む。仲間の何人かは、具足を脱いで、水の中に入る者もいたが、小頭は注意しない。

槍組の中に、一きわ目立つ大男がいた。それは松二郎である。彼の組の小頭をつとめるのは、長柄又八という、二十七、八の男で、小頭をつとめるだけあって、筋骨たくましく、見るからに、頑強な男である。両の目が大きく、見る者を威圧させる。

具足の下からはみ出た両足は、剛毛でおおわれ、さながら山中で咆哮する、獣を連想させる。が、この様子を皆川の兵が山の上から見ていた。

「飛んで火に入る夏の虫とは、奴らのことだ。一人残らず討ち取れ…」

敵の指揮官は下知した。

待ってましたとばかり、敵兵は山を駆け下り水辺でくつろぐ、足軽に襲いかかった。

不意をつかれ、一瞬たじろいだ足軽だが、常に戦場を駆け回っている、屈強な者共である。

「ひるむな、押し返せ」

大声で叱咤する。小頭の声に松二郎ら槍組は半裸のまま、槍を取り敵に立ち向かう。

弓組は、左右に開いて突撃して来る敵兵に矢を放つ。が、多勢に無勢、味方は次第に追いつめられ、戦いながら後退を始めた。

この様子を、三町ほど離れた高地で、見ていたのが、北条氏房である。

氏房は、傍に控えていた広沢兵助と高下右衛門の二人に、

「急ぎ鉄砲組を率いて我軍の兵を救出に向かえ」と命じた。

二人とも、千軍万馬のつわものである。

「承知仕りました」

言うが早いか、二人とも馬上の人となった。

広沢は鉄砲組小頭を一べつし、

「我らにつづけ」

と、下知し、一鞭当てると駆け出した。

鉄砲組があとを走る。

夏草の上を駆けること、二町。行手に敵と戦っている味方の兵を発見。

「鉄砲組前へ」

鉄砲組は左右に分かれ、敵に狙いをつける。

「放て」

鉄砲が一斉に火を吹き、追って来た敵兵がバタバタ倒れる。新手の出現に敵は退却を始めた。此れを見た味方は逃げる敵を追って山へ向かって駆ける。が、広沢は止めた。

「我らの人数で、山を攻め上るのは無理だ。敵の反撃を受けて、思わぬ不覚を取るのは本意ではない。我らは、窮地におちいった其の方らを救出するのが目的だ」

と、血気にはやる足軽を制しているところへ小田原から北上した北条氏政率いる大軍が到着したという知らせが届いた。

攻守の立場が逆転、敵を圧する大軍となった味方は、皆川方に対し攻勢に転じる。

こうなっては、広沢も高下も、止め立てせず馬に鞭を当て、自ら先頭に立ち山を攻め登る。槍組の先頭に立った松二郎は、槍を振りかざし、敵陣に向かって走り、目の前の敵兵の頭を叩き割り、さらに槍を水車のごとく振り回し敵陣深く突き入る。

勢いに乗った北条軍は、皆川の城を一気に攻め落とすべく、攻撃するが、敵は城を出て戦わず、ひたすら城を守ることに徹した。

そのあと、佐野、壬生などの援軍が、敵に加わった事を知り、北条氏政は、敵の首実検を行い、小田原へ帰陣した。

城を出た松二郎は、村への道を急ぐ。

城下を抜けると一本道である。空を見上げると、すでに宵闇がせまっていた。半刻（一時間）ほど歩んだときである。

道の傍らに楠の大木が空を覆っていた。松二郎はそのまま歩くと、

「太え女だ」

大木の下で、野太い男の声が辺りに響いた。

「お許し下さいまし」

消え入るような、女の声がつづく。

「いいや、勘弁ならねえ」

別の男の声がした。

声のした方に、松二郎が目をやると、一目で無頼の徒と思われる、二人の男が大木の裏側に立ち、間に挟まれた格好で若い娘が、おびえた顔で立っていた。

「何をしている」

松二郎が、大声で一喝すると、二人の男が振り向いた。いずれも悪党面である。

「何だ手前は」

体の大きな男がいった。顔が赤く息が酒くさい。酔っているようだ。

「槍組の松二郎だ」

と、答えると、

「何だ。雑兵じゃないか」

別の男がいった
「おい、手前腰に刀を差しているが、人を切ったことがあるのか」

体の大きい男が、あざけるように松二郎を見ていった。

「貴様らごとき、無頼の徒を相手にするのに刀はいらぬ」

言うが早いか、松二郎の拳が、大きな男の顎を下から突きあげた。

男の体は宙を飛んで気絶した。

それを見た別の男は、慌てて逃げ出した。

「怪我は無いかね」

松二郎が、娘に声をかけると、

「危いところを、お助け下さいましてありがとうございます」

娘は、しっかりした声で礼を述べた。

「女の一人歩きは危ないな」

と、いうと娘は、

「私は、この先にある朝日村の彦八という者の娘で、お春と申します。城下に叔母が住んでおりまして、使いに行きました。久しぶりに会ったので、話がはずみ、長くなりました。気がついたら夕方で慌てて、おいとまして帰ってまいりましたが、楠の木の下まで来たとき、先ほどの二人の男に、道をふさがれ、一時はどうなることかと心配しておりました。危いところへ貴方様が通りがかり、おかげで助かりました」

男はよどみなく答えた。

「俺は、槍組の松二郎という者だ。千々川村の生れで、これから村へ帰るところだ。朝日村は、隣の村だ。帰る道が同じだから、送って行こう」

松二郎は娘と連れ立って歩き、朝日村まで送り届けた。自分の村へ帰り、我が家へ帰った。

彼は酒を飲んで、ゴロリと横になってからふと気づいた。

太平山での戦いの折、救援に駆けつけた鉄砲組の中に、見覚えのある男がいた。その時は気にもとめなかった。が、今思い出した。彼は子供の頃、父に連れられて朝日村の半次郎という人の家に行ったことがあった。その折、自分と同じ年頃の子供がいたのを、思い出した。

「たしか名前は、半平といっていたな」

大人になって、たくましく見えたが、子供の頃の面影がかすかに残っていたのを、彼は見逃さなかった。

「半平も朝日村へ帰っているのかな」

と、思ったが、彼はそのまま眠りについた。

翌日、松二郎は自分の庭に出て、目の前に広がる畑を眺めた。

「畑の手入れは、俺たちがやっておくから、心おきなく手柄を立てなさいよ」

子供の頃、がき大将だった松二郎に付いて回っていた、原六と八助も、今では大人になり農民として、一人立ちしていた。

その二人のおかげで、松二郎の畑は手入れが行き届いていた。

農民にとって春から秋にかけて、猫の手も借りたい忙しさである。幼なじみの二人が、麦のサク切りや土入れなどを手伝ってくれるので大いに助かった。そして、麦の収穫もとどこおりなく終わった。

秋風が吹く頃になると、暇が出来る。

ある日、八助と原六が松二郎の家にやって来た。三人は酒を飲み、世間の噂

話に興じる。話が途切れたところで、原六が松二郎に向かい、

「明日から隣の朝日村で、祭りが始まるが、寺の境内で相撲が行われるということだ。松さんが仕合に出れば、適う者はいないと思うが、どうだろう。仕合に出る気はないかね」

と、松二郎の顔を見た。松二郎は少し間をおいて、

「野良の仕事も一応終わって、暇をもて余していたところだ。祭りの見物ついでに行くか」

二人の狙いは、松二郎を相撲に引っ張り出すことにあったようだ。その日、二人は帰り、翌朝、三人連れ立って朝日村へ向かった。

相撲が行われる場所は、天台宗の古刹である。寺の境内に臨時の土俵が作られ、血気盛んの男等が相撲に取り組んでいた。

原六は、係りの男に、村の名を告げ飛び入りを申し込んだ。

係りの男は、世話役らと相談していたが、特別に認めると原六に伝えた。

番数も取り進み、行司役の男が、飛び入りする松二郎の名と村の名を、大声で告げた。

見物人の間にどよめきの声がおきた。

松二郎の相手は、太った二十代の男である。松二郎は、いきなり突進して来た相手を軽く受けとめ、そのまま前に歩いて相手を土俵の外へ押し出した。

次の男は、背の高い大男で、両手を広げて向かって来るのを、松二郎は相手の二の腕をつかみ、肩にかついで、一本背負い。男を土俵の外へ投げ飛ばした。見物人は大喝采である。生まれつき大力の持ち主で、さらに戦場で実戦の経験を積んで来た松二郎に勝てる者はいなかった。

飛び入りの松二郎は優勝し、一斗入りの酒樽の賞品を手にした。

「村へ帰って酒盛りをするかね」

八助は目の前の酒を見て、唾を飲み込みながら聞いた。が、松二郎は、

「この村に、子供の頃からの知り合いがいる。久しぶりに会いたいと思っているので、付き合ってくれ」

松二郎は先に立って歩き出した。二人は後につづく。

三人が、半平の家に着くと、弟の半三という若い男が出迎えた。

「兄は、祭りの世話役の仕事で外出していますが、まもなく帰ると思います。

どうかお上がり下さい」

と、言って、三人を座敷へ案内した。

「半平さんのことは、子供の頃から知っていたが、弟さんがいたとは知らなかった」

　松二郎が、弟と話しているところへ、台所から出て来た娘が、恥ずかしそうに挨拶した。

「許婚のおよしです」

　娘にかわって、半三が松二郎に言った。

「お世話になります」

　松二郎は挨拶を返しながら、娘を見た。

　そこへ半平が帰って来た。松二郎は相撲仕合で優勝したことを告げ、賞品の酒樽を差し出した。半平は松二郎から、酒樽を受け取ると弟に酒肴の仕度をするように言った。

　やがて酒肴が運ばれ、宴会が始まった。

「わっしも、今度の祭りで、世話役をつとめましたので、松二郎さんが優勝したことを知っています」

半平は、松二郎に酒をつぎながら言った。

そして、話は、二人が幼かったころのことに及ぶ。原六と八助は聞き役に回る。やがて許婚の娘は、客に辞儀をして帰る。弟は途中まで送るといい、二人は外へ出て行った。

酒が回り、三人とも酔った。

「遅いから、泊まって行け」

という。半平の行為に謝意を表しながら、三人は夜道をたどり村へ帰った。


天正九年秋、氏政の命を受けた北条氏邦と北条氏房は、大道寺などの軍勢と共に野州佐野の城を攻略すべく、利根川を渡った。佐野も、このことを早くから予想し、常州水戸で五十万余石を領する佐竹と危急の場合、互いに助け合う約束を取り付けていた。

佐野の救援要請に佐竹は、援軍を送り、北条の北上に備えていた。

松二郎ら槍組は、槍奉行与力福島左兵衛の指揮のもと、佐野に向かう。城の前の川は水嵩が少なく、味方は河原に陣を構えたが、辺りは霧深く、敵状はわからない。

「こう霧が深くては敵味方の見分けがつかない。今から合言葉を伝えるから聞き間違いのないように」

与力の言葉に、皆一様にうなずく。このあと小頭から、合言葉が告げられた。

やがて、霧が晴れ、前方に敵軍の姿が現れた。佐野軍に佐竹軍を合わせた、かなりの軍勢である。が、味方はひるむことなく、鉄砲組が前面にたっての一斉射撃。此のあと、槍組が穂先を揃えて敵軍に突撃する。味方の猛攻に、敵は退却する。が、援軍の佐竹軍は兵も多く、しかも、歴戦の勇士を揃えていたので、味方は、苦戦をしいられた。

やがて、味方の陣営から、退却を告げる法螺貝の音で撤退を始めた。その最中、松二郎は鉄砲組の半平を見かけて、二、三、言葉を交わしただけで別れた。

天正十年は、激変の年である。三月甲州、信州、上州、駿州で覇権を争ってきた武田家が滅亡。武田家を滅ぼした織田信長も、家臣の明智光秀に殺され、政情は混沌とする。

同じ年、北条氏政は隠居し嫡男の氏直が跡を継ぐ。氏直を支えるのは、武州鉢形城主の氏邦と、岩付城主氏房はじめ、老臣が支えた。

氏直の初の軍事行動は、上州沼田の倉内城を攻略することだった。

上州は、関東で唯一、上杉家の支配の及ぶ地であった。が、謙信亡きあと内紛があり、その後、景勝が上杉の跡を継ぐが、往事の勢いはなく、上州の大名は合従連衡の中で命脈を保っていた。

大正十年三月、武田家を滅ぼした信長は、家臣の滝川一益に上州を与えた。が、信長が横死をとげたため、一益は上州を放棄し上方に向かって遁走。上州は又も、領主不在の状態になっていた。

こういうとき、信州の小大名真田が進入し、沼田を支配しようとしたので、真田の野望を阻止すべく、沼田攻略を命じた。沼田の倉内城を守る武将は、森下三河守という歴戦の武将で、北条の大軍を見ても動ぜず、始めから籠城を覚悟し、弓組、鉄砲組を堀際に配置し備えていた。

北条軍は、一気に攻め落とそうと攻めかかったが、激しい抵抗にあい、死傷者が続出する。氏房家臣の広沢兵助は、戦場経験豊かなつわもので、戦場の地形を念入りに調べ、城の弱点を見つけると、主君氏房に報告する。氏房は大いに喜び、精鋭部隊を率いて夜討をせよと命じた。

広沢が、足軽の中から屈強な者を選んで、奇襲部隊を編成しているところへ、鉢形城主氏邦から、奇襲に加わりたいと申し入れがあり、秩父衆と言われる精鋭が岩付軍に合流。

さらに、攻撃に移る前、鉢形の兵が城に向かって火矢を放ったので火災が発生。城方は火を消そうと、周章狼狽。そこへかねての手筈どおり、岩付、鉢形の精鋭が、一斉に攻撃を開始。が、敵もここを先途と必死に防戦する。

やがて、いままで暗かった空に有明けの光が差し、下界を照らす。明かりは奇襲部隊に不利である。が、岩付軍中に、此の人ありといわれた広沢兵助は、味方の先頭に立って敵中深く攻め入る。此れを見た氏房、氏邦も全軍に総攻撃を命じ、一気に攻め立て、本丸を攻め落とした。剛勇をもって知られた森下三河守も首を取られ、この戦いの結果、沼田は北条の支配となった。

このあと、上州吾妻郡に居城する真田昌幸は、北条の軍門に下った。

戦いが終わり、村へ帰った松二郎の家を、若い男が訪れた。

朝日村の彦八に雇われている、と、男は名乗り、

「ご主人が、一献さしあげたいんで、是非おいで願いたい」

という口上だった。

「彦八、はて、どこかで聞いた名だが」

と、松二郎は首をかしげた。

とりあえず、松二郎は行くことにした。

足軽の衣装に着替え、男にともなわれて、朝日村へ向かう。

彦八の家の前に立ったとき、松二郎は愕《おどろ》いた。此の家は大きく、庭も広い。

庭の中に池があり、その辺りは、形の良い松の木が、天に向かって伸びている。

入り口は、ひかえめだが、土間は広く、床柱も立派で、松二郎は、気持ちがひるみそうになったのを、持前の性質でこらえた。

居間へ通され、少し間をおいてこの家の主と思われる、中年の男が姿を見せる。

服装は地味だが、布地は上等な代物と、松二郎は見た。

「この家の主で、彦八と申します」

亭主は慇懃な態度で言った。

「槍組の松二郎です」

松二郎が言ったとき、台所と思われるところで料理をしているらしい音が、かすかに聞こえてきた。

「先日は、わたくしどもの娘が、危ういところをお助けいただき、ありがとうございます。心から、お礼を申し上げます」

松二郎が、言葉の真意をはかりかけているところへ、膳をささげた二人の女が姿を見せた。一人は主人の妻と思われる中年の女だが、もう一人は若い娘で、その顔を見た松二郎は、すべてを理解した。先日、城からの帰り道、無頼の徒にからまれていたのを助けたときの娘である。

娘は恥ずかしそうに、うつむいていた。

あのとき娘は、

「朝日村の彦八の娘です」

と、名乗っていたのを思い出した。

目の前に、酒肴の膳が置かれた。

「田舎のことで、何もありませんが娘を助けていただいたせめてものお礼です。心おきなく、おくつろぎ下さい」

と、主人は言って、松二郎に酌をした。

もとより好きな酒である。松二郎はすすめられるままに飲み、気持ちよく酔った。

主人は、娘に酌をされ、杯を口に運んでいたが、やがて、居住まいを正し話し始めた。

「松二郎さん、わたくしの先祖は武士でございました」

言われて、松二郎は合点がいった。

家屋敷といい、室内の調度品といい、只の野民とは思えないと、心中思っていた。

主人はつづける。

「大永四年の当時、江戸城主は、上杉朝興様と申し、武州の国司をつとめておりました。わたくしは、朝興様の直臣で、福島彦三郎と名乗っておりました。城には、上杉家の家老をつとめた太田持資（道灌）公の遺児である資高様と、弟の太田原三郎、原四郎のご兄弟が、江戸城に詰めておりました。その年の一月、小田原の北条軍の攻撃を受け、家臣は一丸となって防戦しましたが、運に見放されたか、城は落ち、朝興様は河越へ落ちのびられました。後で分かったことですが、味方の中に裏切り者がいて、北条軍を城内へ引き入れたということです。河越城へ入った朝興様に以前の覇気は無く、配下の武士は次々と離れて行きました。当家の先祖もその折、刀を捨て、この村へ住みつき、以来一介の農民として、今まで生計を立ててまいりました」

その間、娘はうつむいて座っていた。

話が途切れたあと、彦八は改まった態度で、

「松二郎さん。今すぐとは申しません。これにいるのは、わたくしの一人娘ですが、嫁にもらっていただけないでしょうか」

と、言った。

思いがけないことのなりゆきに、彼は言葉につまった。家は裕福で由緒正し

い。自分には過分な縁談に思え辞退することにした。

「ありがたい話ですが、近いうちに大きな戦さがあるようです。戦さに出れば、生死は紙一重の差、明日のことも分からぬ身なれば、ご遠慮申すのが筋と思います。あしからず。ご了承下さい」

と、言って辞去すべく支度をして、主人に礼を言い立ち上がった。

入口まで娘が見送りに出た。


この年の八月、又もや、北条氏直より出陣命令が出た。

同年六月二日、織田信長の横死で、中央権力が空白したのを機とした各地の大名は、領地拡大に乗り出した。

徳川家康は、甲州へ進出、滅亡した武田の遺臣の中で、才能ある者を選び、自分の家臣とした。が、小田原の北条もそれを傍観していたわけではない。今度の出陣は家康の野望を阻止するのが目的である。

氏直麾下の軍勢は四万八千余騎、北上した軍は信州へ入ると、碓氷峠を越え、甲州の鰍沢へ出撃する。

一方、徳川軍も数万の兵で、甲州深く進出したが、行手を高い山にさえぎられ、小田原勢の進出に気付いていない。

氏直は、偵察の報告で、

「敵は、着陣したばかりで油断がある。今、攻撃すれば、勝利は疑いなし」

と聞いて、直ちに総攻撃に移るよう命令した。が、付添いとして傍《かたわ》らに控えた老臣らは、年の若い氏直の指揮を危ぶみ、攻撃に反対した。

老臣の反対を、押し切るほどの度量を持たない氏直は、攻撃を思い止まった。が、のちに戦巧者である武将が、

「あのとき、北条軍が総攻撃に移っていたら徳川軍を破り、甲州は北条の手に入ったものを」

と、ため息をついていたと、ある人が語っていた。

その後、北条、徳川の両軍は、若御子（現・須玉付近）で対陣したが、合戦に至らず、双方とも兵を引き、その後、北条、徳川の間で講和が成立。

上州は北条が取り、甲州、信州は徳川に属することで落着した。

天正十八年、五代百年に渡って関東の派遣を握ってきた北条家を未曾有の国

難が見舞う。

天正十年六月、織田信長は家臣の明智光秀により、本能寺で討たれた。そのあと、他に先んじて行動を起こした羽柴秀吉は、山崎の合戦で、明智軍を破り光秀を自害させ、主君の仇を討った秀吉は、織田家の武将の中で逸早く天下取りの優位に立つ。

此のあと、賤ヶ岳の戦いで柴田軍を破り、敗軍の将柴田勝家を北ノ庄に追い詰める。

「もはやこれまで」

自分の運命を悟った勝家は、切腹して果てた。北陸を平定した秀吉は、小牧長久手で、徳川軍と戦うが、長期戦は不利と見て家康と講和。

天正十三年七月、関白に任官した豊臣秀吉は、四国、九州を平定、残るは箱根山の東、関東の北条である。

秀吉の小田原攻めの原因は、様々あるが、何れも小田原を攻める口実に過ぎない。たとえば、

「北条氏政、氏直父子を、上京させよ」とか、または、

「沼田は、北条の領地であるが、名胡桃城は、真田の墓があるので、真田の支配を認めよ」

と、秀吉は要求した。が、北条は応ぜず秀吉の不信を買う。

そのあと、北条麾下の猪俣範直が沼田城代になると、独断で名胡桃城を攻略してしまった。小田原攻めの機会を狙っていた秀吉は、北条に対して宣戦を布告。

秀吉の望みは、天下を統一することであり、この事が無かったとしても、小田原攻めは起きたであろう。

秀吉が、京を出発したのは、三月一日、従う軍勢は、三十数万、堂々たる軍容である。

徳川家康の軍勢は、それより早く二月初め、駿河を出陣している。

岩付城主北条氏房は精鋭三千を引連れ城を出ると、小田原本城へ入った。岩付城に残された武将は、本丸に伊達房実、二の丸に片岡源太左衛門、他太田備中守、宮代美作守らが守りを固め、敵を待ち受けていた。

守備軍の中に以前、太田資正の旧臣だった者がいた。荒川久之助をはじめ、彼らの多くは、事の成り行きで、北条家に使えているが、それは本意ではない。乱世における武士は、江戸時代のお家第一と心得る武士とは異なる。乱世の武士は、自分の所有する土地、一族を託するに足る主君か否かが重要である。託すに足らずと思えば主君の元を去るのも、乱世に生きる武士の知恵である。荒川は、今度の戦さは以前と違い、北条は滅亡するであろうと、ひそかに了想していた。

「負けると決まった戦さに、命を懸けるのは犬死に等しい」

当時の武士は現実的である。彼は心中深く期するものがあった。

城方は、偵察を城外へ放ち、豊臣軍の動静を探らせていた。

偵察の報告によると、豊臣軍は、総勢一万三千余、武将は、浅野を始め、徳川軍の本多、鳥居、平岩らであることが分かった。

偵察隊の中で、敵軍深く入り込み、帰るべき時機を失し、敵に見つかり追撃され、命からがら逃げてくる者がいた。追撃して来た敵は堀際へ追い詰める。が、地形を熟知した偵察は、堀の中に、一箇所人が通れる浅い所があるのを幸いとし、無事生還できた。

此れを見た敵は、堀は浅いと見て、我先に堀へ飛び込んだ。が、案に相違して堀は深く、敵は深みにはまって水に溺れる者が、多く出る。

さらに、城方が配置している鉄砲組の一斉射撃で、敵に負傷者が続出。が、数をたのんだ敵は、ものともせず、堀を泳ぎ渡り塀へ取りついて乗り越え、雄叫びあげて城内へ突入する。多勢に無勢、こうなっては味方も苦戦におちいる。敵の中で、浅野公麾下の荒武者などは、本丸を取り囲み、本多軍は二の丸を囲む。

城方は、新たに曲輪を設け備えていたが、鳥居軍の猛攻に、新曲輪は攻め落とされた。二の丸を守る武将の片岡源太左衛門は、前面に槍組を立て槍ぶすまを作って待ちかまえているところへ、本多軍が攻め立て両軍入り乱れて戦った。が、敵は大軍次々と新手をくり出して来るので、城方の名のある武将は次々と討死をとげる。

荒川久之助は、雑兵百人を指揮して城内の一角で守りを固めていた。が、このとき、配下の雑兵に号令を発した。

「我ら、これより敵陣に突撃する。鉄砲組は先陣をつとめよ。次に弓組、しんがりは槍組がつとめよ」

雑兵は、命令にしたがって、軍の配列を変え一斉に走り出した。

この中に、鉄砲組の半平がいて、先頭を駆けた。槍組の松二郎は最後尾を走る。組と組の間に、騎馬の士が入り一丸となって敵の陣地目指して突進する。

先頭を走る鉄砲組は、走りながら発砲する。

敵の雑兵十数人が、その場に倒れ、道が開けた。が、敵は再び前方に立ちふさがる。鉄砲は一発放って、次の発射まで時間がかかる。

そこで、味方の弓組が一斉に矢を放つ。またも敵に負傷者が出た。味方の猛攻にひるんだ敵の間を、槍組は、穂先を揃えて走り抜けた。虎口を脱した味方は敵の後方へ出る。

その間、松二郎は追撃して来る敵を自慢の槍でなぎ払い、あるいは叩き伏せ、味方の後方を走る。

一刻（二時間）ほど走ったところで、荒川は、手綱を引いて馬を止めた。騎馬の士が、荒川の周りに集まる。そして小頭が呼ばれ、何事か命令が伝えられた。

そのあと、荒川久之助は、騎馬の士を従え何方ともなく走り去った。

小頭の又八が、荒川久之助の言葉を言ってから厳しい顔になった。

「荒川様の言葉を伝える」

「我らは元太田資正様の家来だった。資正様が隠居し国を出られた後、我らは北条の下風に立つことになり、今日まで北条のため戦い続けたが、すでに義理は果たした。これ以上の義理立ては犬死にひとしい」

「各々は、在所へ帰り農事に励み、時の来るのを待て」

と、それだけ言うと小頭は何か、用事のあるときは、そのつど知らせると言って解散を告げた。


槍を肩に松二郎は歩く。同道は、朝日村の半平である。二人の間には会話はなく、千々川村と朝日村の別れ道で、松二郎は、

「世話になった。縁が合ったらまた会おう」

と、言い、松二郎は半平と別れた。軽く会釈をして半平は朝日村へ通じる道を遠ざかる。松二郎が、村へ帰るのは久しぶりである。

仲秋の名月が雲間に出る頃は、仕事も暇になる。何することもなく、家に居た松二郎を小頭の又八が訪ねて来た。

又八は、北条の旧領は徳川家康の支配になったこと、岩付城には、高力清長という、家康の家来が二万石で入封したこと、百年にわたって関東の覇権を握って来た北条家の氏政と、弟の氏照は、秀吉の命で切腹したこと、などを語った。此のことは、松二郎も風の便りで知っていたが、どうでもよいと思った。

話し終わった又八は、

「近いうちに、また来ることになるが、その前に身を固めたらどうだ」

と、妻を娶ることをすすめた。後ろ姿を見送った松二郎は、又八の顔に老いが現れ、白髪が目についた。

「年は、四十前だと思うが、あの老け方は尋常ではない」

と、気になったが、思えば自分も三十の坂を越え、若くないと我が身を顧みた。そのあと彼は、又八が帰り際に言った「そろそろ、身を固めた方がよい」と言われた言葉で、ようやく、決心がついた。

数日後、衣服を改めた松二郎は、長老に同道を頼み、朝日村の彦八家へ向かった。

それから間もなく、盛大な婚礼の儀式がとりおこなわれ、お春は、松二郎の嫁になった。

そうして、松二郎とお春の蜜月の日が続く。妻になったお春はよく働き、手際よく家事をこなし、農作業に汗を流す。やがてお春は男子を生み、松二郎は長男に松之助と名付けた。彼は村の生活が気に入り、このまま一介の農家として生きるのも悪くないと、思うようになった。

幼なじみの原六と八助とは、家族ぐるみのつきあいが始まる。

一年が過ぎた頃、しばらく姿を見せなかった又八がやって来た。

一年見ぬ間に、又八はひときわ老け込んだように思えた。

「今、行田の松平様に仕えている」

又八は、近況を伝えたあと、

「わしが、松平家に仕えることが出来たのは、荒川久之助様の口利きによるものだ。今、荒川様は出世なされ、禄百二十石をはむ身分におなりだ。荒川様はわしに言われた」

『太田資正様の旧臣を、行田に呼びたい』

「言われたわしは、荒川様のお心を察し、今、人を探している」

「お主は、初めから北条に仕えていたが、父親は資正様にお仕えした身だ。どうだ。わしと一緒に、松平家で働いて見る気はないか」

言われて松二郎は考えた。田舎の暮らしも悪くはないが、生まれた子供の将来を考えると、今一度、城のつとめに戻り、何れ、子供を武士としたい、と思うのも親心である。それは妻の望みでもあり、舅の意向に叶うことでもある。

「奉公の事、万事おまかせします」

又八は、見る間に相好を崩し、

「お主が来てくれれば、わしも安心だ。が、松平家は、太田や北条とは異なる。今までは戦さのないときは在所へ帰り、野良仕事が出来たが、松平家では許されない。戦さのない時も、組屋敷に住み、村へ帰ることは出来ない」

言われて松二郎は少し考えていたが、

「それが松平殿の規則なら従います」

松二郎が言うと、

「それを聞いて、わしも安心した。では十日のちに、行田のわしの屋敷に来てくれ。城下の者に組屋敷の場所を聞けば、教えてくれるはずだ」

と、言い、又八は赤児を抱いた新妻に、愛想笑いを浮かべて帰った。

組屋敷へ落ち着いた松二郎は、近所の者に挨拶回りをした折、住人の中に見知った人が数人いるのに気付いた。いずれも又八に誘われた者であろうと察した。

妻のお春は、よく出来た女で、新しい生活に慣れ、組屋敷の人々とのつきあいも、うまくこなし、しばらく平和な日が続いた。

行田城主松平家忠が下総の地へ移封、そのあとへ徳川家康公の第四子松平忠吉が十万石で封ぜられた。

松平忠吉の家老をつとめる小笠原三郎左衛門が、治水事業に着手したのは、忠吉が行田へ入って二年目のことである。

この事業は、忠吉の父、徳川家康の意向による。それは、関東の大河利根川の流れを変えるという大工事で、松二郎は小頭の指示で工事現場の警備に当たることになった。

松二郎は、妻の作った弁当を腰に、朝早く組屋敷を出て現場へ向かい、日暮に帰るという生活を続ける。ときには現地の番小屋へ泊まることとあった。

工事は無事終わり、松二郎は本来の持場に戻った。

それから間もなく、小頭の又八が病気を理由に隠居願いを出し、後任の小頭に松二郎が据えられた。

小頭の裁量は、物頭にある。そして松二郎は槍組小頭になった。が、直接指示するのは与力である。小頭は組を掌握、組子の任免、とっさの場合の判断など、責任が重くなる。

責任は重いが、身体は楽になり待遇もよくなる。

それ以前、一介の足軽だったとき、松二郎は工事の現場で半平に会った。そのとき、半平は鉄砲組の小頭になっており、半平を幼友達として遇し、気さくに声を掛けてきた。

半平は、松二郎に子が生まれ、一歳になると聞くと、

「よい跡取りが出来た」

と、祝ってくれていた。その後立場も対等になり、松二郎と半平は、家族ぐる

みの付き合いをするようになる。

天下を統一した豊臣秀吉が死んだとき、松二郎は伏見の松平忠吉の屋敷に居た。槍組小頭になった六年後のことである。組は違うが、松二郎は半平も伏見に来ていることを知っていた。城下の南を宇治川が流れる。城下で一際目立つのが、秀吉の居城伏見城である。秀吉は、城の寝所で死んだ。六十二歳である。時に慶長三年八月十八日のことである。

松平忠吉の隣に、石田三成の屋敷があり、その先に伏見城が辺りを威圧するようにそびえていた。

秀吉死去のあと、城下は騒然とした空気につつまれた。

生前秀吉は、天下統一の段階で戦巧者の武官を優遇した。が、その後、武官より、行政に優れた才能を有する文官を重んじるようになった。

武官と文官の対立は、秀吉の死後、それは武力闘争の段階まで進む。

文官派の筆頭は、石田三成であるが、武官派から命をねらわれ、家康の庇護を求めたという話を、周りの者が噂していたが、松二郎は関心を持つこともなく、次の戦さが最後と思い、いかに役目を果たすということと、国に残してきた家族に思いをはせる。

それから間もなく、家康が、大坂城西の丸に入ったと伝えられた。

慶長五年六月、大坂城を出た家康は、伏見へ戻り、以前秀吉の居城だった伏見城へ入ったと聞かされた。

伏見城内の評定で、出陣の触れが出た。行き先は会津である、と、伝えられてから、屋敷内は慌ただしく出陣の支度を整え、伏見を出て一路東へ向かう。

五大老の一人、上杉景勝は慶長三年、長い間上杉の本拠地だった越後から会津へ転封された。景勝が秀吉の命に従ったのは、今をときめく天下人の秀吉に抗することが出来ず、従ったのであろう。

同時に百二十万石という広い領地に移ることも従った理由であろう。

会津へ移ったものの、領内の統治には時間が必要である。が、転封を命じた秀吉は、病いで死んでしまった。それを知った上杉の家臣は、転封がもう少し遅れていれば、と、思ったであろう。

家康にとって秀吉の死は、天下取りの機会到来と口に出さぬが、心の中で思ったであろう。

天下を取るには、段階がある。

家康が、中央に居るかぎり、天下を取るのは難しい。まず、外征によって手柄を立て世間の評判を得る。その余勢をかって麾下の軍事力をもって、中央に駒を進め、天下を我物とする。

軍勢五万五千余は一路東下する。松平忠吉軍に、槍組小頭の松二郎と、鉄砲組小頭の半平がいた。

会津攻めの軍が江戸城に集結したのは七月中旬である。

そのあと、家康は江戸城に逗留したまま動かなかった。

その間、忠吉は軍の装備、兵糧その他を整えるため、兵站の武士を行田へ行かせることにした。荷物の運搬や警備などの業務のため、足軽組も追従することになり、松二郎の組に、物頭より命令が出た。妻子のある者は大いに喜んで従った。

行田へ帰る、松二郎は家族とのつかの間の逢瀬に心がはずむ。

知らせを聞いた妻は息子と共に夫を迎えた。その夜、家族は水入らずの膳を囲む。

長男の松之助は九歳。その下に一男一女が、久しぶりに見る父親に甘えてきたが、母親にうながされ床についた。

その夜、お春は久しぶりに夫と同衾した。

子供達はすでに白河夜船のようだ。

「淋しかったです」

久しぶりに交わったあとで、お春は甘えるように言った。しっかりしているようでも、そこは女である。子供と共に留守を守るのは心細かったであろう。

「無事に帰られて安心しました」

身体の汗を拭きながら、妻は満足そうに微笑みをうかべた。

「いつまで家にいられます」

「明朝出発する。行先は会津だ」

「会津って遠いんでしょうか」

言った後、妻は再び松二郎の身体を求めてきた。

翌朝、松二郎は足軽を率いて、組屋敷を出た。妻は子供を連れて見送る。組の家族も同様に出口で夫や息子を見送った。

家康が江戸城を立ったのは、七月二十一日である。が、その二日前、松平忠吉軍は先発軍に変わり出発している。

その頃、上方では、石田三成を中心に、家康打倒の謀議がめぐらされていた。参加していたのは、安国寺恵瓊、大谷吉継、小西行長らである。彼らの計画では、西軍の総大将に百二十万石の大々名毛利輝元を迎え、他に小早川、宇喜多、島津をはじめ、九万余の大軍を動員する計画で、他に会津百二十万石の上杉、常州水戸の佐竹等が西軍に組すると思われていた。

家康が、西軍挙兵の報を受けたのは、野州小山でのことである。

家康は、会津攻めの諸大名を急遽小山に集め、軍議を開く。

その時、松平忠吉軍は野州宇都宮に滞陣していた。会津攻めの先陣は、家康の第二子で、常州の名門結城家へ養子に入った結城秀康と、第三子でのちに二代将軍になる秀忠と忠吉の三兄弟に、井伊直政と本多忠勝が補佐を務め、秀吉麾下の大名だった山内一豊、細川忠興、金森長近等の軍勢は、すでに宇都宮の先、大田原まで進出していた。が、軍はその場で動きを止めた。

家康の本陣から急使が到着し、諸大名は急ぎ小山へ集まるようにという口上が伝えられたからである。

小山での軍議は、重苦しい空気に包まれていた。

元秀吉麾下の大名は上方を本拠とし、妻子は上方に住んでいる。

石田三成らが挙兵したとなれば、国元に残してきた妻子の安全は保証されない。

乱世を生き抜く大名は我が身第一に考える。家康に従って出陣したのも、次の天下は家康だと思えばのことで、もし家康が敗れるようなことになれば、明日はどうなるか分からぬ。

現に先陣に加わっている真田信之は、父の昌幸と弟の幸村とともに、野州佐野まで進んだとき、三成の挙兵を知る。父と弟は上方に味方すると知り、別れを告げて、信之は家康軍に合流した。

秀吉の家来だった大名が、事に望んで決心がつき変わるのも、やむをえぬであろう。

が、軍議は荒大名福島正則の一言で決着する。

「我らは直ちに西上し、三成を討つべし会津攻めは関東東北の諸大名に任せればよかろう」

軍議は一決。上方の諸大名福島正則、池田輝政、浅野幸長、黒田長政、加藤嘉明らは先鋒を望み、直ちに出発した。

秀忠公は、その場から上州、信州を経て西上すべく行動を起こす。

家康が秀吉麾下だった大名を先発させたのは、深慮である。

さらに、井伊直政、本多忠勝を目付として出発させ、先発組に合流させた。

家康が江戸城を出発したのは、九月一日である。先発組の福島、黒田などの奮戦で西軍支配下にある岐阜城が攻め落とされたという報告を受けたからである。

家康の本隊が、大垣の赤坂に着陣したのは、九月十四日である。松平忠吉軍も家康本隊に同行する形で、大垣城を望む赤坂に着陣した。

その夜、大垣城に居た西軍の謀主石田三成は、城を出て関ケ原へ移動した。

東軍がそのことを知ったのは、十五日の午前四時ごろである。

それは家康にとって思う壺であった。野戦を得意とする家康に関ヶ原で西軍を破るよい機会と写る。全軍に出撃を命じ、自らは展望のきく桃配山に床机を据え本陣とした。東軍の最前線は、細川、加藤、黒田等で、その左側に松平忠吉軍が布陣し、続いて井伊直政の精鋭が布陣、街道をはさむ形で、本多忠勝、藤堂高虎、京極高知、その先に福島正則が六千の軍を率いて西軍の宇喜多、小西、大谷の西軍に対峙した。

西軍の総大将、毛利輝元は、大坂城を出ようとせず、秀元に一万六千の軍を授けたが、毛利軍は、険阻な南宮山に布陣したまま、動く様子がなかった。

西軍の指揮をとるのは、石田三成であるが、動く様子がなかった。

その三成は、東軍の前線部隊の前方にある笹尾山に布陣し、配下の猛将島左近、蒲生郷舎軍が北国街道に布陣、街道をはさむ形で、朝鮮出兵の折、朝鮮軍を恐れさせた島津義久と甥の豊久が備えていたが、兵数は少なく千五百であった。

時刻は六つ半《卯の刻半ば》（午前七時頃）、戦機が動いた。行動を起こしたのは、松平忠吉の軍であった。

松二郎は組子の槍足軽に、いつでも飛び出せるよう、わらじの紐を結び直すよう言った。

松平忠吉が、将兵に出撃を命じたのは、その直後である。

井伊直政の軍と合流した忠吉軍は、霧の中を前進。西軍の中で最大兵力を擁する宇喜多軍に向かって突撃を開始。

これを知った東軍の先鋒を務める福島の軍は、先を越されたと怒り、宇喜多軍、小西軍に突撃、こうして天下分け目の合戦の火ぶたが切られた。

松二郎は、ここを先途とばかり組子の先頭に立って、宇喜多軍に切り込む。

この頃になると、戦場に立ちこめていた霧が晴れた。

戦場を俯瞰する高地に立った家康は、松尾山に布陣する小早川秀秋の軍を見上げた。

この戦いの帰趨は、小早川の裏切りにかかっている。秀秋は、戦う前から家康に味方することを約束していた。

が、秀秋は、東西どちらに付くか、秀秋も決めかねていたが、ついに秀秋は、東軍に味方することを宣言。自ら山を駆け下り西軍に突撃。それを見た家康は、全軍に総攻撃を命じた。

時刻は八つどき《未の刻》（午後二時頃）、西軍は総崩れとなって戦場から姿を消した。戦いの間中、島津義久と甥の豊久の軍は、北国街道を固めていたが、戦いに加わらず静観していた。が、西軍の敗北が明らかになると、行動を開始する。

松平忠吉の軍は、突進して来る島津軍を迎撃すべく備えを固めた。が、島津軍は、忠吉軍の前を全速力で走り抜けた。忠吉の軍は脇に備えた井伊軍と島津軍の後を追う。

伊勢街道へ出た。島津軍は一路港を目ざす。港へ出て船を雇い、薩摩へ帰るつもりと見える。

追撃を続ける忠吉軍の行手を川が阻む。川の手前で、島津軍の鉄砲隊が待ちかまえていた。敵の鉄砲が火を吹いた。この一弾が運悪く忠吉に命中負傷したが、忠吉はひるまず、さらに退却する島津軍を追撃しようとするが、「ご使者の到着」の声が、前進を止めた。

家康の使者の口上は「追撃をやめよ」というものである。やむを得ず、忠吉は軍を返して、家康本隊に合流した。

乱後、大坂城西の丸に入った家康は、論功行賞を行う。

小山軍議の席上、「直ちに西上し、三成を討伐すべし」と諸大名を叱咤し、東軍勝利のきっかけを作った福島正則は、尾州清洲二十万石から二十九万八千二百石を加封され、安芸広島で四十九万八千二百石の大々名に封じられた。正則の旧領清洲に松平忠吉が四十二万石を加封され、五十二万石で移封された。

十万石から五十二万石になると、家臣の数を増やすことになる。また、行田に残された家族を清洲へ転居させる等、多忙をきわめる。

松二郎の組は、行田から清洲へ転居する家族の手伝い他、警備などで、休む間もなかったが、合間に、朝日村の妻の実家を訪れ、永いいとまを告げた。

義父の彦八は、今度の戦いで松二郎が手柄を立てたことを大いに喜び、祝いの膳を家人に命じた。が、母親は女である。娘との永の別れになるかと思い、いそかに涙ぐんでいた。

十万石の家族の引っ越しは大変だったが、どうやら片が付いた。

清洲での生活になれるのに時間が必要だが、妻は家事一切を巧みにさばき、組子の家族への心くばりなど精力的に働き、松二郎の出番はなかった。子供達は新しい生活に慣れるのが早く、遊びに熱中している。が、妻は子供へのしつけや読み書きの手ほどきをするなど忙しい毎日が続く。

妻の元気な姿を見るにつけ、彼は疲れを覚えるようになった。

若い頃、小田原北条に仕え、その後、行田の松平家に仕えてから十年が過ぎた。松二郎は自分の指を見つめる。若かった頃相撲で相手を投げ飛ばしたこの指も、今はしわが寄り、所々しみが目立つ。人は誰でも老い、死んでいくと自分の運命を悟った。

十万石から五十二万石の大名になった松平家の行政を一手にさばいてるのは、家老の小笠原と若い吏僚達である。主君の忠吉は生来病身で、関ケ原合戦で受けた傷が原因とは思えぬが、清洲へ移って七年後に病死した。そのあと、弟の義直が新城主になる。義直は新たに名古屋に城を築いて移り、徳川御三家の筆頭と称された。

松二郎は慶長十一年病いで死去する。この跡を息子の松之助が継いだ。松之助は、大坂の陣での功績により知行百五十石となり、父の夢だった武士に取り立てられた。

雑兵《はんぺい》

陰暦七月暦の上では秋だが暑い。野州大平山の麓を流れる川は、ゆったりを関東平野を東へと向きを変える。暑さの中を一群の人々が山陰から現れた。半裸に近い格好に具足を着け、いずれも長柄の槍を担いでいる。

彼らは目的を失ったもののように歩いている。群れから少し前を歩いていた男が、

「川だ、川だ、おーい川が流れているぞ」

と仲間に大声で知らせた。

その声に今まで生気のない顔をしていた男たちは走り出した。

川につくと、一斉に流れに口をつけ、むさぼるように水を飲む。飲むそばから汁が体からしたたり落ちる。

男の一人が川に入り、具足を脱ぎ捨てる。それを看ていた他の男たちも川へ入り、

「あー良い気持ちだ」

と喜びの声をあげる。泳ぎの得意な者は、上流から下流へと泳ぎを始める。

彼らは武州岩付城主北条氏房配下の雑兵で、槍組の足軽である。

野州皆川城を攻略するため岩付を出発したが、不馴れな土地で、途中本隊とはぐれ、途方にくれていたところである。

この様子を山の上で見ていた者がいた。

敵方の皆川城の兵である。

ひそかに山を下った敵兵は、水遊びに興じている岩付の足軽に斬り込んだ。

が、水遊びに興じているように見えても、戦場を駆け回っている屈強の者たちである。裸のまま、槍を取ると、敵を見て臆することなく、敢然と立ち向かう。

この様子を見ていた者がもう一人いた。

岩付城主北条氏房である。

氏房は傍らにいた騎馬武者に、

「本軍にはぐれた者たちであるが、我が軍の兵である。鉄砲組を引き連れ急行し、兵を助けよ」

「承知つかまつりました」

すぐさま、二人の武士が騎上の人になった。鉄砲足軽の半平は、小頭の夕月小兵衛から、

「今から出撃する。各人早合を持て」

と言われ、その通りにした。

二人の騎馬武者が鉄砲組の前で、昂ぶる馬を制していた。

二十人の鉄砲組は、騎馬武者の後を駈ける。鉄砲組が川を望む小高い地点に来た時、半裸の格好の味方の兵が、敵と戦いながら退いて来るのに出会った。

小頭は抜刀すると、

「放て」

と大きく叫んだ。

二十人の足軽は敵に向かって一斉射撃を行った。

味方の兵を追撃してきた敵兵がバタバタと倒れる。

敵がひるんだところへ、二騎の武者が槍を振るって突撃する。それに勢いを得た槍足軽も反撃に転じる。が、騎馬武者がその動きを制し、

「敵は山上に陣を布いている。我らの人数で敵を攻めるのは不利だ」

と言っているところへ味方の精鋭が駈けつけた。それに勢いを得た味方は、敵の抵抗をものともせず、一気に山上に攻め上がる。敵はその場に踏み止まり、必死に抵抗するが、多勢に無勢こらえきれず、ついに敗走した。

岩付軍は追撃に移り、皆川城を攻め落とし、勝利の勝ち鬨を上げた。

戦いのあと、北条氏房は、首実検を行った。


戦いすんで半平が汗をぬぐい、鉄砲の手入れを始めた。銃口から火薬のにおいが鼻をつく。手入れが終わり、胴乱の中の弾丸の数を確認していると、目の前に一人の男が立った。半裸に近い二十半ばの男で、槍をかついでいるところを見ると、先程、川原で敵と戦っていた槍組であろう。

「お主は半平さんだね。俺は松二郎、親父の名前は丑松、親子二代の槍足軽だ」

松二郎と名乗った男は、半平の脇へ座ると、腰から竹筒を取り、髭または鬚

だらけの顔でうまそうに水を飲んだ。

「親父は五年前に死んだが、生前、お主の父親の半次郎さんとは組は違うが、友達だと話していた。俺も子供の頃、親父に連れられて、お主の家に行ったことがあるが、お主は覚えていないか」

言われて半平も思い出した。子供の頃の記憶に、体の大きな男が男の子を連れて、家に来て父親と酒を飲んでいた。

半平は、連れと遊んだことをやっと思い出した。今、目の前にいるこの男がそのときの子供だったかと、歳月の流れを感じた。その頃の親は、家にいたのは年の半分くらいで、それも農繁期が多く、秋から冬の間は、お城に詰めていたように覚えている。

「皆聞け、これより岩付に帰るが、忘れ物がないように仕度をせよ」

小頭のだみ声が二人の会話をさえぎった。松二郎は槍を杖に立ち上がると、

「半平さん、いずれかのうち会うこともあると思うがそれまで達者でな」

と言って去った。

この戦いは、越後の上杉謙信の死去に伴い、上杉の勢力が関東から退いたのを機に、小田原の北条氏政が、北条に従わない北関東の諸大名を攻めた時のことである。

その年も暮れようとする師走の寒い日、城中は、正月を迎える準備で大忙しの最中だった。

早朝、朝日村から若い男が半平を訪ねて来た。半平が会うと男は、

「半次郎さんが危篤です。すぐお帰りになられたほうが良いと思います」

と告げた。

半平は小頭に理由を話し、家に帰る許しを得た。

半平と村の男は、朝日村への道を急ぐ。

師走の風は容赦なく吹き付け、乾いた地面から土ぼこりが舞い上がり、歩行をさまたげる。

半平が家に着いた時は、父の半次郎が息を引き取ったあとだった。

母親のみさは、お悔やみに訪れる客の手前、気丈に振る舞っているが、髪は

すっかり白くなり、看病の疲れでやつれて見えた。

半平が帰宅のあいさつをすると、みさは一瞬うれしそうな顔を見せたが、元の気丈な態度を取り戻し、父親の最後を語った。

母の語るところによると、父親は、死ぬ前日までは元気で、出された食事は残らず食したが、今朝は食べたくないと言い、白湯を一口飲んだだけで床に伏し、それから一時ほどあと、母が様子を見ると、息をしていなかったと言う。

村には禅宗と真宗の古刹がある。

葬儀の日、寒風の中を真宗の僧侶が寺男に荷物を持たせてやって来た。

読経が始まってまもなく、鉄砲組小頭が組の足軽を連れて訪れ、焼香をして帰った。

慌ただしい葬儀も終わって、手伝いに来ていた近所の人たちが帰ると、一家水入らずの団らんになった。

しばらく見ぬ間に、妹のみちが見違えるほど、美しく成長しているのに半平は気付いた。

「みちは近いうち、名主の朝吉さんの嫁になる」

と、みさが言った。みちは顔を赤らめ、うつむいていた。

「嫁に出すからには、恥ずかしくないだけの嫁入り道具を持たせてやりたいが」

言ったあとで半平は己れの収入の低さを気にした。

それを察したみさは、半平に向かい、

「今まで暮らしを切りつめ、やりくりしたから、嫁入り道具は一通り揃えてある」

と言った。半平が何か言おうとしたが、

「家のことは心配しないで、お前はご奉公に専念しなさい。わたしはお前が足軽から武士に出世するのを楽しみにこれからも生きていくつもりだ」

と、みさは言った。

「兄《あに》さん、家のことは俺にまかせてくれ」

今では弟の半三も二十一になり、筋骨たくましい若者に成長していた。

年が明けて、三月の吉日。

名主の朝吉と、妹のみちとの婚礼が行われた。婚礼に出席するため、半平は村へ帰った。

仲人は村の長老夫妻が務め、内輪の祝いと言うことで、客は少なかったが、父の葬儀で読経を読んだ僧侶も出席した。

その年の秋、半平の出世を待ち望んでいた母のみさが死んだ。その死に顔は穏やかでまるで眠っているように見えた。


長い間、関東に猛威を振るっていた甲州の武田家が滅亡した。天正十年三月のことである。武田信玄は九年前に死去し、跡を武田勝頼が継いだが、武田の周囲には上杉謙信を始め、織田信長、徳川家康などの海千山千の大名が虎視眈々と武田領を狙う。それに抗しきれず、ついに武田家は滅亡したのである。

武田の勢力が上州から消えたのを機とした信長は、配下の滝川一益を上州の前橋城に関東管領の肩書きで入れ、関東支配の足がかりとした。

ところが、それから百日も経ない六月二日、信長は配下の明智光秀によって、京都本能寺で殺されたため、滝川一益は関東管領職を放棄し、上方へ向かって逃亡した。

滝川一益が逃げ出したので、信長に従っていた上州の大名は、小田原の北条に従うことになったが、沼田の城主、森下三河守は、小田原の氏政に従うことを拒んだため、北条は沼田に軍を進めることになった。

半平の所属する鉄砲組に出陣命令が出たのは滝川一益が逃亡して間もなくのことである。戦いの場が上州の沼田と知ったのは出陣の数日前だった。

岩付軍は、途中北上して鉢形城主、北条氏邦の軍と合流し、神流川を渡り、上州に入った。沼田の倉内城に立てこもる森下三河守は北条軍の北上を知り、城の防備を固め、待ち構えていた。

城を望む高地に進出した北条軍は城を囲んだ。が、敵は城を出て戦わず、城壁に弓、鉄砲を並べ、応戦する。

味方に多くの負傷者が出た。

半平ら鉄砲組は、最前線に立ち銃撃する。敵は城壁に身をひそめ、隙を見て銃撃を繰り返すので効果が無い。

「弾薬箱《たまばこ》を持って来い」

小頭の怒声がとぶ。

足軽の一人が弾薬箱を持って走って来た。

半平は胴乱の弾を撃ち尽くすと、新たに早合を受け取り、脇に置く。

発射したあと、早合を銃口に当て、一振りする。火薬と弾丸が装填されたことを確かめ、さらに発射する。

数発放ったところで、

「射撃中止」

の号令が辺りに響いた。敵の守りは固く、発射を繰り返すのは弾丸を無駄に浪費するだけである。

半平が陣地に戻り、銃の手入れをしていると、

「夜襲の準備をするように」

と次の命令が出た。

半平は手入れの済んだ銃に再び弾丸を込め、胴乱の中の弾丸を確認し、さらに打飼袋の兵糧を確かめ、首にかけ、袋の結び目を襟の後ろでしっかり結んだ。

その夜、鉄砲組は陣笠をかぶり、具足の音を立てず、城に迫った。

鉄砲も弓も夜間は見通しがきかず、あまり役には立たぬが、銃声や矢の発する音は敵に恐怖心をかき立てるのに役立つ。

味方の軍勢は、ひしひしと城に肉薄する。

その時、城中で火の手があがった。あとで判ったことだが、鉢形の兵が城内に火矢を放ったのである。

火は城の彼方此方《あちこち》へと燃え広がり、城内で右往左往する様子が、城外からも感じられた。その隙を逃さず、味方は一気に城内に突入する。

味方は二の丸を攻め落とし、次いで本丸に攻めかかる。敵も防戦するが多勢に無勢。敵の城将、森下三河守の討ち死により、敵の抵抗は止んだ。

戦い済んで、岩付、鉢形の軍勢は沼田を後に南下する。けれども岩付に帰れると言う想いは遠のいた。軍が途中で停止したからである。

その理由はやがて判明した。

北条家五代目を継いだ北条氏邦、氏房の兄、氏直が大軍を率いて北上して来たからである。北条軍は五万に近い大軍になった。

軍は左へ方向を転じ、碓井峠を越え、信州に入る。さらに南下し甲州へ入った。

この頃、織田信長の支配下にあった甲信の地は、信長の死により、徳川家康が軍を進め、領国に組み入れようとしていた。

北条、徳川の両軍が対陣したのは、甲州の若御子である。甲州は周囲を山に囲まれた盆地であるが、対陣した若御子は山間の地にして大軍の駆け引きには適さず、徳川、北条とも全面戦争にならず、多少の小競り合いはあったが、勝敗を決せず、互いに兵を引き、撤退した。その後、北条、徳川の和睦が成立した。

天正十八年、北条氏に対し、未曾有の危機が迫りつつあった。

それは中央にあって、覇権を手中にした羽柴秀吉が、いよいよ関東征服に乗り出したのである。

五月は梅雨の季節である。

その日、半平ら鉄砲組は堀ぎわに陣を布いていた。

城主の北条氏房は、この時、岩付城にいない。

氏房は三千の精鋭を率いて、城を出て小田原本城へ籠もっていた。この後、氏房は二度と岩付に帰ることは無かった。

秀吉軍が岩付の周辺に現れたのは五月二十日のことである。

城兵には上州松井田城を始め、各地の味方の城が次々と落城あるいは降伏したとの知らせがもたらされていた。

城の周辺は敵の軍勢に埋め尽くされた。

城は深い堀を巡らせてあるが、一箇所浅瀬がある。その浅瀬を味方の兵が駈けて来る。物見に出た騎馬の士と数人の足軽である。

味方の兵を追って来た敵兵は、我先に堀へ飛び込んだ。味方の兵が容易に堀を渡るのを見て、堀は浅いと思い違いしたのが、それが油断で、飛び込んだ敵兵は水中でもがき沈む、それを見て味方は喚声を上げる。

しかし、敵は大軍、泳ぎの得意な者は堀を泳いで城壁に取り付く。すかさず味方から矢が雨あられと降り注ぐ。が、敵はものともせず、城壁に取り付き、壁を乗り越え、城内に攻め入る。城内は大混乱に陥った。

浅瀬を渡って来る敵の一団があった。

小頭の号令で鉄砲の一斉射撃が敵に集中する。渡って来た敵は水中に転げ落ちる。

やがて大手門が破られ、敵はどっと城内に乱入する。味方の陣地は抗しきれず、各所で分断され、守っていた兵の多くは討ち死に、二の丸が破られ、敵は本丸に攻めかかる。

その時である。鉄砲組の前に槍組を引き連れた数名の騎馬武者が現れた。

それは以前、太田資正の家来だった荒川久之助とその配下である。

「守るばかりが戦さではない。当方から討って出て、敵の本陣を突くのも戦さの常道である。鉄砲組は我に続け」

荒川はたけり狂った馬を制しながら大声で言った。

小頭の夕日小兵衛は、荒川の命令に応じ、

「先陣をうけたまわる」

鉄砲組は騎馬武者の後ろを走る。浅瀬を抜けた一団は敵の前面に出た。

「鉄砲組前へ」

荒川の命令に、鉄砲組は前に出ると、一斉に射撃する。三十丁の鉄砲が火を吹き、敵は左右に散った。その隙に荒川久之助を先頭に敵陣を突破、敵の後方に出た。そのまま走りに走り、二里ほど走ったところで荒川は馬を停めた。

半平は鉄砲を背負い、腰の竹筒の水をむさぼるように飲み、空になった竹筒をその場に捨てた。

「皆の者、良く聞け。討ち死にするばかりが武士の道ではない。生き延びて再起を謀るのも武士の道である。皆の者はこれより在所に帰り、時の来るのを待て」

と言うと、馬首を東へ向けると、武士を従えて走り去った。

小頭の夕日小兵衛は、

「荒川様の言うとおりだ。わしらはこれから在所に帰り、農事に精を出しながら、時の到るのを待とう」

と言った。

半平が在所の村へ帰ったのは丁度、梅雨の明けた暑い日だった。

四才下の弟の半三は、兄の無事な姿を見て目を丸くした。

「お城が落ちたと聞いていたので、兄さんは死んだものとあきらめていたが、生きて帰ったと知ったら、姉さんもさぞかし喜ぶだろう。早速知らせてやろう」

半三は笑顔で出て行った。

その夜、半平の無事を祝って、心ばかりの酒宴が開かれた。

半平の無事を喜んだ名主とその妻になっているみちが、若い男に酒を持たせ、祝いに来たからである。

近所の人たちもお祝いに訪れ、宴に加わり、酒宴は夜遅くまで続いた。


梅雨が明けた農村は一年で一番忙しい時季である。実った麦を刈り、脱穀して天日で乾かして収蔵する。

と同時に、畑に水を入れ、田植の準備にかかる。

「兄さんがいて助かる」

半三が言った。忙しい時には、名主の家から手伝いの男衆が来るが、半平が帰って来たので仕事がはかどり、半三の顔に安堵の色が見えた。

田植も終わり、村につかの間の休みが訪れる。

「兄さん、これから盆踊りに行くが、一緒に行かないか」

半三が言った。

半平は、弟に寄り添うようにしている若い娘が気になった。それに気づいた

半三は、

「この女は、村で馬方をしている人の娘で、名前はおよしさんです」

弟は照れかくしのせいか、わざと怒ったような顔で言った。

「およしです」

娘は恥ずかしそうに挨拶した。が、声に張りがあった。

「わしは、慣れない農作業で疲れているから、今夜は早めに休むことにする。二人とも存分に楽しんできなさい」

と言って、半平は二人を見送った。

弟は娘を伴って、踊りの場所へと向かった。

「半三も家の跡を継ぐからには嫁が必要だ。それも早いほうが良い。今の娘が家の嫁になってくれれば安心だ」

半平は寝酒を飲みながら思った。


秋、稲こきを終わり、村は農閑期に入る。

村では、豊作を祈願して寺の境内で相撲仕合が行われることになった。

腕自慢の男たちは優勝しようと張り切って仕合に臨む。周辺の村々から参加する者もいて、相撲仕合は大いに盛り上がる。

大勢の人間が集まると言うことで間違いがあってはならないと、村の行政を預かる名主は、若い男たちを従えて見回りをすることになった。名主の朝吉はその役を義理の兄である半平に任せたいと言った。

半平は快く引受け、当日、脇差を腰に家を出た。名主の家に行くと、六尺棒を手にした若い男が十人ほど、鉢巻にたすき掛けで、やや緊張した面持ちで集まっていた。

妹のみちは、名主の若奥様らしく甲斐甲斐しく振舞い、客の接待に当たっていた。

みちは半平を見ると、

「兄さん、今日はお世話になります」

とにこやかに笑いかけ、茶をすすめた。

そこへ名主の朝吉が現れ、半平に辞儀し、

「今日は、この人の指図を受けるように」

と言った。

一休みした後、半平は若い男たちを連れて寺の境内へ向かった。

寺の境内には、にわか造りの土俵が作られ、その近くに番屋が建てられていた。

半平は、今まで城の警備に当たってきた経験から、警備の要点を若者に言い聞かせ、納得させたが、どこまで理解したか不明である。

半平は若者の半分を寺の要所要所に立てて警備に当たらせ、あとの半分を番屋に入れ、待機させた。

番屋の中は広く作られ、組頭など村役人の顔が揃っていた。

その後、朝吉が脇差を腰に番屋に入って来て、村役人にねぎらいを言葉をかけた。

やがて、仕合の開始を告げる太鼓が打ち鳴らされ、土俵の上では熱の入った相撲仕合が展開される。

土俵の熱気が周囲に伝わり、見物人の気持ちはいやが上にも盛り上がる。番数も進み、仕合がたけなわになった頃、土俵に上がった一人の男が半平を見て、ニヤリと笑った。

身体の大きな筋骨たくましい男で落ち着いており、辺りをへいげいしている。男は元槍組の松二郎だった。

松二郎は、戦いの場で鍛えた鋼鉄のような身体の持ち主で、おまけに度胸がある。仕合は勝ち抜き戦で、松二郎は挑戦してくる男を次々と破り、とうとう優勝してしまった。賞品は大きな酒樽である。

相撲仕合は午後三時頃終了した。その間、半平は適時、警備の若者を交代させ、自らは寺の周辺を見回った。

何事も無く相撲大会は終わり、後片づけも済み、朝吉らと別れ、家に帰った時、客がいた。隣村の松二郎が連れの若い男らに賞品の酒樽を担がせて来ていたのである。

隣村の者に優勝をさらわれた。村の若者は残念がったが、松二郎は大らかで、意に介する風もなく、半平と酒を酌み交わし、旧交をあたためたいと言った。

半平は対応していた半三に、

「ありあわせの物で良いから、肴が作れないか」

と言った。

「およしに何か作らせましょう」

と言って、半三はおよしに促し、台所に入った。台所から包丁の音が聞こえ、やがて器に盛った肴が次々と運ばれて来た。

調理が終わると、およしは客の人たちに丁寧に挨拶して帰って行った。

半三が途中まで送って行った。

酒好きの者たちが、五～六人集まれば、酒樽が空になるのは時間の問題だ。

一刻半（三時間）もすると、大きな酒樽が空になった。飲み終わると松二郎は、半平が泊まって行くようにと言うのを機嫌良く礼を言って、連れの若者を促し、宵闇の中を自分の村へと帰って行った。


天正十八年、戦国大名として百年の間、関東の覇権を握ってきた、小田原の北条氏を滅亡させた権力者、関白秀吉は家康に北条の旧領、武蔵、伊豆、相模、上総、下総、上野の六ヶ国を与え、それまで家康の領国であった三河、遠江、駿河、甲斐、信濃の五ヶ国を召し上げた。家康は時を移さず、小田原出陣に引き連れてきた軍勢をもって関東に入り、江戸城を居城とした。

半平は以前出仕していた岩付の城へ、家康の部将、高力清長という人物が城主になったと風説として聞いたが、今の自分には関わりがなく、遠い出来事のように思えた。

それからしばらくした頃のこと。

以前、鉄砲組の小頭だった夕日小兵衛は半平を訪れて来た。

小兵衛は半平の顔を見て言った。

「日に焼けたな」

その顔には、旧知の人間に会ったような安堵の色があった。

岩付落城からそれほど時は流れていないはずだが、半平には、以前鉄砲組の小頭だった頃の小兵衛の勇猛な面影が感じられず、その顔には老いがにじみ出ていた。

「毎日野良仕事に精を出しているからでしょう」

半平は、小兵衛の顔を見ないように言った。

小兵衛は、半平の感情を無視するように、

「わしらが岩付の城を捨てたのは荒川様の言葉によるものだが、わしはあれで良かったと思っている。落ち目の北条は、関白様の敵ではない。城と運命を共にするのは犬死にであろう。今、荒川様は行田の松平様に仕えていると聞いている。先日、わしは荒川様に呼び出された。荒川様の言うには、今度、松平様では鉄砲組を増員することになった。そこで岩付で鉄砲小頭を務めていたわしに、以前の鉄砲足軽を集めて、松平様に仕えたらどうか、というお言葉があった」

「わしは、荒川様のお言葉に従い、今一度、戦場に立ちたいと思った。それには気心の知れた昔の仲間が必要だ。そこでお主を誘いに来たというわけだ」

と言った後で、小兵衛は出された茶も一口で飲み干した。

その時、二人の会話を聞いていた半三がそばから口をはさんだ。

「兄さん、およしもいることだし、小頭さんのお誘いに応じて、もう一度、ご奉公にあがったらどうかい」

と言った。

弟の言葉の裏には、この家の跡取りは自分であるという本音が感じられた。

それを察した半平は、小兵衛に向かい、改めて、

「よろしくお頼み申します」

と言った。

小兵衛は、満面に喜色を浮かべ、

「十日後に、行田の城まで来るように」

と言って帰った。

半平は十日の間にやることがあった。

それは、弟の半三とおよしとの祝言である。無論二人に異論のあるはずがない。半平は、早速祝言の手配にかかった。

名主の朝吉も、妻のみちも大賛成で、話はトントン拍子に進んだ。五日後、内輪だけの祝言が行われた。

その日、名主の朝吉がみちを連れ、手伝いの女と男衆を連れてやって来た。その後から名主の親戚の人たちがやって来た。

およしの父は既に亡く。およしの母と兄がやって来た。仲人は名主の親戚と村の長老夫妻がつとめ、近所の人たちも宴に加わり、夜遅くまで宴は続いた。

弟の祝言も無事終わり、数日後、身支度をした半平は、早朝家を出た。村の外れまで見送ると言う弟夫婦の申し出を断り、彼は一人村をあとにした。村外れまで来ると、半平は歩みを止め、生まれ育った村を眺めた。

「今度、村へ帰るのはいつの日か」

と言う思いが脳裏をよぎったが、その思いを断ち切るように足早にその場を去った。


行田へ着いたのは、その日の夕方だった。

大手門に近い所に番小屋が建てられ、入口に小兵衛が座っていた。半平が近付くと、小兵衛は立ち上がり、半平を中へ招き入れた。

番小屋の中には、かつて鉄砲組の仲間だった元足軽が数人いた。半平を見ると、皆懐かしそうに声をかけてきた。

「これで皆揃ったな。組頭への挨拶は明日と言うことにして、これから組屋敷へ案内しよう」

と言うと小兵衛は立ち上がった。

組長屋は大手門を出て、町屋を北に向かって、少し歩いた所にある。近くに大きな寺があった。

足軽の住まいは、長屋風の建物で、幾つかの棟が立ち並んでいた。

小頭の家は、狭いながらも庭のある一軒家である。

「寒くなれば夜具の手配も必要だが、今は不要であろう」

各自の部屋に、持ち物を入れた後で、小兵衛は言った。その夜、小兵衛は皆を家に呼び、夕食をふるまった。


行田松平家の当主は、松平下野守忠吉。

徳川家康の四男である。が、未だ年が若く、家老の小笠原吉次という老練の人物が内政に腕をふるっていた。

半平は行田松平家に仕えるようになって、気付いたことがある。

北条家の岩付城では、雑兵は雑兵であり、戦いのある時は当てにされるが、戦さの無い時や農繁期の時は村に帰ることを許される。ところが松平家では雑兵は第一線の部隊として組織化され、許しもなく城下を離れることは出来ない。

身分は安定したが、窮屈な思いがした。しかし、それも次第に慣れていった。

時が流れ、半平も四十に近い年齢となった。

この時、半平は妻帯していた。相手の女は、小頭の一人娘で、名はおえん。小頭の妻は早くに死んで、おえんは小兵衛の箱入り娘のように育てられた。おえんは気の強い女で、一度嫁入りしたが、子が出来なかったので、婚家に冷遇され、自ら離縁を申し出て、実家に帰っていた。

おえん、歳は三十二、とうの立った二人の婚姻は、長屋の人間のうわさ話になったが、半平もおえんも馬耳東風で、やがて二人の睦まじい生活は、周囲の羨むようになる。

半平とおえんが一緒になって安心したのか、小兵衛は老け込み、二人を前に言った。

「わしも歳をとりすぎた。後のことはお前たちにまかせて、隠居することにした」

と言って、町屋に引っ越した。

それから半平は忙しくなった。小兵衛は隠居する前、自分の後任に半平を推挙していたのである。

この後、半平は小兵衛の跡を継ぎ、。鉄砲組小頭になる。

それから間もなくのこと、半平は利根川に堤を築く工事現場の警備に当たることになった。小頭になって、下の者との懇親を図らねばならぬ時であるが、命令とあれば、それに従わねばならぬ。

警備には組下の者も使うことになるが、半平は工事の現場を見る必要があると思った。工事の内容は、行田の北を流れる利根川に堤を築くというもので、川俣という所が工事の現場と聞いていた。

工事現場を見るため、半平は、脇差一本を腰に帯びた軽装で家を出た。時刻は昼に近い頃だった。

城下町を出て間もなく、半平は供を連れた身分ありげな馬上の老武士と行き会った。半平は、道の端に身を寄せ頭を下げ、一行の通り過ぎるのを待った。馬上の老武士は城代家老だった。

家老は、工事現場を視察して、その帰りであろうかと、半平は思った。

川俣は城下に近く、距離は二里程である。

現地に着いて見ると、利根川はそこで分流していた。一方は東へ流れ、一方は南へ流れ下る。

半平はしばらくその場にたたずみ、辺りの風景を眺めていた。

「なるほど、川俣とは流れが二俣に分かれるということか」

後ろで声がしたので、半平が後ろを見ると、いつ来たのか、槍組の松二郎が立っていた。

「いや、久し振りだね」

松二郎は、日に焼けた顔で言った。

「お主が松平家に仕えたことは聞いていたが、此処で逢おうとは思わなかった」

「松二郎さんが松平家にいるとは知らなかったが、何時ごろ仕えたのかね」

「三月前のことだ。元の小頭に誘われてね」

松二郎はその容貌に似合わぬ無邪気な顔で言った。

「小頭は荒川様に誘われて、松平家に仕官したと言うことだ」

「うむ」

半平はうなづいた。

「岩付城にいた頃は、のんびり出来たが、松平家は細事が多く、窮屈だな」

松二郎は、半平と同じ思いのようだ。

「わしも初めはそう思ったが、今では慣れたよ」

松二郎は軽くうなづくと、

「この辺りに、酒を飲ませる店はないかな」

と周囲を見渡した。

「酒を飲むなら、町屋へ戻るしかなかろう」

と半平は先に立って歩き出した。


工事の始まる前、現場に種々な道具が運び込まれた。鋤、鍬、つるはし、鎌、鉈、モッコ、石を砕くのに使う石矢、鉄槌などである。利根川から分かれ、南に流れ下る川を、会の川と言う。

「岩付城の北を流れている川が、この会の川かな」

と松二郎は言った。


工事が始まった。

川は渇水期になると、所々に砂地が現れる。その砂地に石を積んで補強する。

さらの木の枠を川底に沈め、その中に石や木片を詰め、堤の基礎とする。さらに乱杭の間に小石を入れ、蛇篭を沈めるなどして、水勢を弱め、南に流れていた会の川を利根川の本流である東方へ導く。

工事人の中に、機敏に働く集団がいた。言葉に甲州訛りがある。

「甲州者だな」

若い頃、諸国を旅していたという松二郎が言った。

武田滅亡の後、家康は伊奈忠次を甲州の代官とした。武田家には河川工事に長じた者や金鉱採掘の技術を持つ者が多く、伊奈忠次はそれらの特殊技能者を優遇し、徳川家発展に役立てた。

工事中、半平は組下の足軽を指揮して、工事現場の警備に当たった。徳川家入部前、行田の大名だった成田家の遺臣の工事妨害も予想されたが、何事もなく工事は終了し、半平は本来の鉄砲組頭にもどった。

おえんは気性が激しい女だが、反面情が深い、熟れた女体は毎夜、半平の体を求める。

半平は女好きである。所帯を持つ前は遊女のいる店へひんぱんに出掛け、つかの間の快楽に惑溺することが多かった。そのため、安い金を貯えることもなかった。

所帯を持ってから、生活が一変する。小頭になり、庭付きの家に引っ越し、家付き女と毎日暮らすことになった。

小兵衛が町屋に移り、二人きりの生活になると、おえんは積極的に半平の体を求める。半平も求めに応じ、熟れた肉体を抱いたが、毎夜の要求に体力の衰えを感じるようになり、「今夜は疲れているから」と一人で寝ようとしても、おえんは許さず、半平の局所に手を添えて愛撫する。その巧みな攻撃に半平の体が反応すると、すかさず、おえんは半平の体に馬乗りになり、辺りはばからず歓喜の声をあげる。

いつしか、半平は、夜が疎ましく思うようになった。

月に何日か、泊り番の日がある。その時が体力を回復する日である。

そういう状態が続いたある日、おえんは体の不調を訴えた。

城下町の町医者に診てもらうと、なんと身籠もっていると言う。

「驚くことはない。女の体は四十になっても子が産めるように出来ておる」

老医師は半平に向かい、当然のように言った。子供が生まれてからおえんは、半平の体を求めなくなった。生まれた子は男の子である。男の子が生まれたことを何よりも喜んだのは舅の小兵衛だった。

半平は義父の名から一字もらい、子供の名を小六と名付けた。

子供が生まれてから、おえんは子供にかかりきりの生活になる。

時には、半平が水を向けることもあったが、おえんは、

「子供と寝るから」

と言って、半平を遠去けるようになった。


秋風が吹き始めた頃である。

半平は荒川久之助のお供で、鉄砲足軽二十人を引き連れて、京へ上がることになった。

この時、松平忠吉は、京の伏見屋敷に滞在しており、荒川は城代家老の命令

で、主君の警護と天下の情勢に応じ、兵の増員が必要になり、上京したのである。

「我らは、しばらく伏見に逗留する」

と荒川久之助が言ったのは、伏見に着いて数日ののちのことである。

伏見における松平忠吉の屋敷は伏見城を東に望む地にあり、周辺に九州の大々名、島津左馬頭の屋敷と、石田治部少輔三成の屋敷がある。

半平らが伏見に着いた頃、伏見の大名屋敷は、いずれも慌ただしい空気の中にあった。

その理由は、去る八月、病の床にあった関白秀吉が死去したからである。しかし、その時、隣国の朝鮮では、数十万の日本軍兵が明鮮軍相手に戦いの最中だった。

後事を託された徳川家康を筆頭とする、大納言前田利家ら五大老と、五奉行の職にあった石田三成らと協同し、在鮮日本軍兵の帰還を果たすため、石田三成、浅野長政を筑前博多にやり、無事帰還業務を成し遂げた。

この間、内大臣家康は多忙をきわめ、息子の忠吉も伏見にあって、父を助けた。しかし、その後、大坂城にいた前田大納言利家が病いを発し死去した。そのとき、伏見城を預かっていた家康は、秀吉亡き後の混乱を収拾するため、大坂城へ入る。

それまで秀吉の息子の秀頼と、その母の淀君を補佐していた前田利家に代わり、内大臣、五大老筆頭の徳川家康は、大坂城西の丸で、秀頼と淀君を補佐することになる。

家康が大坂城に入ってから、世の中は騒然となる。

近々、大きな戦さが起こるのではないかと言う噂が伏見城下で流れた。が、その後、家康は大坂城を出て、伏見に戻る。

家康が伏見に戻ってから、家康の関東下向の風聞が広まり、半平らは帰国出来ると喜んだが、関東下向は戦いのためであると言う者もあって、真偽を確かめるべく、半平は荒川久之助を訪ねた。荒川は、

「まもなく出陣命令が出る。戦う敵は会津の上杉だ」

慎重な荒川は、

「出陣するからには、一度行田へ戻り、軍を整えることになる」

と言った。

半平がそのことを配下の者に伝えると、
「戦さはやむをえないが、ひとまず家に帰れるのはありがたい」
と一同喜んだ。

やがて、上杉征伐の軍勢が伏見を出て東へ向かって出発する。総大将、徳川家康に従う軍は総勢は五万を越える大軍で、はるか前方を行く味方の軍は霞のたなびくごとくである。

出陣する大名の妻子は、伏見屋敷に残される。伏見城を守るのは、家康の信頼厚い鳥井元忠ら有力武将と、千八百人ほどの精鋭部隊である。家康公が江戸城に入ったのは七月二日である。松平忠吉ら行田の軍は軍を整えるべく、行田の本拠地へ向かった。

久し振りに我が家に帰った半平を見て、おえんは安心したように笑顔を見せた。強いようでも女は女、心細かったであろうと、半平は思った。夜、おえんは執拗に夫の体を求めた。半平もそれに答え、その夜は寝る間もなかった。明け方、夫婦は眠りについた。

ふと視線を感じて半平は、目を開けた。そこに半平を見つめている幼い顔があった。

それは息子の小六だった。家を出る時は、母親の乳房を求めて泣いていた子が、今ではヨチヨチ歩きをするまでに成長していた。

その様子を見た半平は、親としての自らの自覚が生ずるのを感じ、我が子を抱き上げた。

「この子が、一人前の男になるまでは、死ぬわけにはいかない」

と半平は心に誓った。

松平忠吉軍が出陣したのは、七月初めのことである。

仕度をして半平が家を出る時、門口で見送ったおえんは真剣な顔で、

「お前さま、必ず生きて帰って下さいね」

半平は妻に向かい、

「この子のためにも、必ず生きて帰る」

と傍らで半平を見上げている息子を見た。言葉の意味の分からない息子は、無邪気な顔で父親を見ていた。

家康の三男秀忠、兄で結城家へ養子に入った秀康を始め、諸大名を従えて、野州宇都宮へ進出したのは、七月二十三日である。

松平忠吉軍三千人も、その中にいる。

ところが軍は、宇都宮から先に行かなかった。それどころか、後退の命令が出たのである。行田軍が家康公の本陣まで退いた時、その理由が判明した。

上方で反乱が勃発、その首謀者は石田三成と毛利の使僧で、今は伊予六万石の大名、安国寺恵瓊、肥後半ヶ国二十万石の大名、小西行長と言う。本陣では軍議が開かれていた。

松平忠吉軍は、他の軍と同様、軍議の成り行きに注目していた。が、軍議は反乱軍討伐と決まる。

本陣で上方へ向かって西上することが決まり、秀吉公配下だった大名は勇んで東海道を進軍する。徳川秀忠公は三万八千の軍を率いて、中山道を西上するという話が聞こえた。

結城秀康公および松平忠吉は江戸城において家康公の指揮下にあった。

家康公はひとまず、江戸にとどまり、形勢観望を決め込む。家康が江戸城を留守にした後、会津の上杉が江戸を攻める懸念があったからである。出陣命令は出ず、江戸滞留が続き、退屈した足軽の中には町屋に出かけ、遊び女のいる店へ行く者もいたが、半平は素知らぬふりをした。

出陣命令が下りたのは九月一日のことであった。結城秀康公は、会津の侵攻に備えるべく江戸残留になる。家康公本隊は強行軍を重ね、岐阜城に入ったのは九月十三日である。

翌日、家康公の本陣は、石田三成ら西軍の籠もる大垣城を望む赤坂に陣を移す。

松平忠吉の軍は、本陣の左方に陣を構え、その後方を、徳川軍の中で精鋭と言われる本多忠勝の軍が固めた。

九月十四日、多少の小競り合いはあったが、大きな戦いにはならなかった。

その夜、西軍はひそかに城を出て、西へ向かう。石田三成は東軍を関ケ原に誘い込み、一大決戦で東軍を撃破する作戦に変更したのである。

夜中から降り出した秋雨は、冷たく肌を濡らす。松平忠吉軍に、家康本陣から関ヶ原に進出するよう伝えられたのは午前四時を過ぎた頃であった。

外は暗く、冷たい雨が降っているが、松平忠吉率いる松平軍は臆せず、勇躍して西へ向かう。松平軍が陣を構えた場所は、中山道が関ヶ原で、北国街道と分かれる手前の道の北側だった。

行田軍の左に、井伊軍が陣を構え、その前方に福島正則軍、藤堂高虎軍が戦闘準備に入っていた。が、明け方のこととて、周囲は霧につつまれており、後で分かった陣構えである。


半平は前方に目をこらして見つめていた、辺りはようやく明るくなったが、霧が深く。様子はさっぱり分からない。

半平は指揮下の足軽に。何時でも射撃できるよう指示を出し、自分は数本の早合を腰帯にはさみ、立て続けに発射する準備に怠りなかった。

突然、霧の中から一隊の騎馬武者が浮かび出た。

「鉄砲隊は我らに続け」

声の主は荒川久之助だった。

「お下知に従います」

半平の組と、もう一組の鉄砲組は荒川の側に寄った。

「我らはこれから敵陣に斬り込むが、命令あるまで放ってはならぬ」

荒川は低いが、太い声で言った。

一隊は一つの塊となって前進、北国街道を横切り、東軍の最前線へ出た。

「放て」

荒川の下知で鉄砲組は敵に向かって射撃を開始。霧の中で敵兵の悲鳴が聞こえる。

射撃の後、騎馬の一隊は敵陣に突入、左方に陣を構える福島軍から敵に向かって一斉射撃が起こる。続いて雄叫びをあげて福島軍が西軍に突撃、怒号剣戟の音が戦場にこだまする。行田本軍が前進、半平らの周囲は松平軍の旗で埋まる。

その時、敵の大軍が松平軍に襲いかかる。

「弾丸《たま》のあるかぎり放て」

半平は指示を与えると、自ら腰帯から早合を取り出し放つ。

弾丸を撃ちつくし、銃を背負い、腰の刀を抜いた時。敵が退却を始めた。徳

川本軍が攻勢に移ったからである。やがて、陽が昇り、戦場が見渡せるようになった。半平が息を継いだ時、

「殿がお怪我をめされた」

主君忠吉の供侍が悲鳴の声をあげた。

西軍が退却を始めたのは正午過ぎである。敵が関ヶ原から完全に姿を消したのは、その日の午後三時ごろだった。

東軍の大勝利である。


この戦いの後、松平忠吉公は尾張清洲城へ移ることになった。

今まで行田に居住していた者の中で、清洲へ移る者と、行田に残る者とに分かれた。半平は、遠国へ移ることが負担に思い、行田に留まることになった。

半平は関ヶ原戦の二年後死んだ。

松平忠吉が清洲に移った後、行田は天領となる。幕府代官の支配の下で、息子の小六は代官の下僚として働き、その後、才能を認められ、百五十俵を頂戴する身分となり、母を連れて江戸へ移住する。

参考文献

『岩槻市史』
『行田市史』
『吉見町史』

『埼玉県郷土史事典』大村進、秋葉一男編、昌平社
『関八州古戦録』校注者　中丸和伯、新人物往来社
『小田原北条記』江西逸志子原著、教育者新書
『群雄割拠』桑田忠親、新人物往来社
『房総里見一族』川名登、新人物往来社
『関ケ原合戦始末記』酒井忠勝原撰・坂本徳一訳、教育社
『戦国の風景（日本史の謎と発見）』毎日新聞社発行

『雑兵物語』作者不明・吉田豊訳、教育者新書

<著者>

新井　甲一郎（あらい　こういちろう）

一九四四年　埼玉県秩父郡吉田町阿熊に生まれる
　現　　在　埼玉県比企郡吉見町在住

戦国 **雑兵記**

2019（令和元）年5月25日　初版第一刷発行
著　者　新井甲一郎
表紙絵　坂谷和夫
発行者　山本正史
印　刷　恵友印刷株式会社
発行所　まつやま書房
〒355－0017　埼玉県東松山市松葉町3－2－5
Tel.0493－22－4162　Fax.0493－22－4460
郵便振替　00190－3－70394
URL:http://www.matsuyama－syobou.com/

ISBN 978-4-89623-121-2 C0093